叢書・ウニベルシタス　136

シミュラークルとシミュレーション

ジャン・ボードリヤール
竹原あき子 訳

法政大学出版局

目　次

1章　シミュラークルの先行

シミュラークルは、決して真実を隠さない――真実こそ真実の不在を隠す。シミュラークルは本物だ。
『伝道の書』

最も華麗なシミュレーションのアレゴリーは、といえばボルヘスのおとぎ話だ。そこでは帝国の地図師があまりにも綿密に地図を描いたので、結局領土をそっくり覆い隠してしまった（だが帝国がおとろえるのにつれて、地図は少しずつぼろぼろになり、ついに廃墟と化す。数個の断片だけが砂漠に痕跡を残すのみ――この廃墟と化した抽象作用の形而上学的美しさは、帝国風傲慢さの証しであり、死骸のように腐り、大地の養分となって蘇る。ちょうど複製が古くなるにつれて本物と見分けがつかなくなってしまうようなものだ）――このおとぎ話はわれわれには過去のものだし、シミュラークル第二段階(1)のひそやかな魅力でしかない。

今、抽象作用とはもはや地図、複製、鏡あるいは概念による抽象作用ではない。シミュレーションとは、領土、照合すべき存在、ある実体のシミュレーションですらない。シミュレーションとは起源（origire）も現実性（réalité）もない実在（réel）のモデルで形づくられたもの、つまりハイパーリアル

（hyperréel）だ。領土が地図に先行するのでも、従うのでもない。今後、地図こそ領土に先行する――シミュラークルの先行――地図そのものが領土を生み出すのであり、仮に、あえて先のおとぎ話の続きを語るなら、いま広大な地図の上でゆっくりと腐敗しつづける残骸、それが領土なのだ。帝国の砂漠にあらずわれわれ自身の砂漠に点在する遺物とは、地図ではなく実在だ。実在の砂漠それ自体だ。

だが、たとえ話を逆にしても、おとぎ話が役立つわけではない。多分、帝国のアレゴリーだけが残るだろう。なぜなら、同じ帝国主義的なやり方で、いまシミュラークルをもくろむ者は、実在を、あらゆる実在を、彼らのシミュレーションモデルと一致させようとしているからだ。だがここで問題なのは地図でも、領土でもない。何かが消滅した。抽象作用の魅力とも呼ぶべき、あるものと、もうひとつのものとの崇高な差異が消滅した。差異こそ地図の詩《うた》であり、領土の魅力だ、そして概念の魔力であり実在の魅力だからだ。地図と領土を観念的に共存させようとする気違いじみた地図師たちの計画の中で、ひらめくと同時に消え去る、表現《ルプレザンタシオン》に必要なあの空想（imaginaire）、それがシミュレーションによって消えた――だからその操作は核分裂的であり発生的ではあるが、およそ鏡のように映し出したり、論理的に推論するようなものではない。あらゆる形而上学的なことがらが消え失せる。存在と外観を映す鏡も、実在とその概念を映す鏡さえない。もはや空想的共存もない。つまり発生的ミニアチュール化こそシミュレーションの次元だ。そこで実在はミニアチュールの細胞やマトリックス、そしてデータの記憶や命令のモデルから造られる――それを基にして無限にくり返し実在は複製され得るのだ。その実在は合理的である必要がない、というのはどんな権威《アンスタンス》もそれが理想的なものか、否定すべきものなのか判断し得ないからだ。したがってそれはオペレーションでしかない。ひとかけらの空想もまとわない以上、それはもはや実在《リアル》でもない。それはハイパーリアルだ。大気もないハイパーな空間で四方に拡がりつつある組み合わせ自在なモデルが合わさってできた産物だ。

　こんな実在でも真実でもないカーブを描く空間に至る過程で、あらゆる照合系《レフエランシエル》（照合し照合されるかんけい→照合系）が排除され、シミュレーション時代の幕が開く――最悪な場合にはその照合系は意味より柔軟な素材である記号システムの中で人工的に蘇り、その結果その素材は、あらゆる等価のシステムに、あらゆる二項対立に、あらゆる組み合わせ自在な数値的操作に身を捧げる。だからここではイミテーションも、反復も、パロディーでさえも問題ではない。問題なのは、実在の記号を実在に置き換えることだ。つまり、あらゆる実在の記号を提供し、あらゆる実在の結末を短絡させる転移もプログラムも可能な完璧な抄録機械を使った操作的複製で、実在するあらゆるプロセスを抑止する操作が問題なのだ。決して実在が姿を現わす機会はないだろう――これが死のシステムに見るモデルの最も重要な機能といえる。いやむしろ、死という大事件にさえもチャンスを与えようとはしない先取り型復活のシステムといったほうがいい。空想を避けてあらゆる実在と空想の識別を必要としないハイパーリアルは、今後モデルの回帰軌道と差異の模擬的発生の場しか残しはしない。

イメージの見事なる反照合

隠す（dissimuler）、という行為は、あることをないように見せかけることだ。ところが擬装する（simuler）とは、ないことをあるように見せかける。前者は存在（présence）に至り、後者は不在に至る。しかし事はもっと複雑だ。なぜなら擬装とは見せかけるのではないからだ。つまり《病気だと見せかける者は寝つくだけで病気だと信じ込ませる。病気を擬装する者は、いくつかの病気の徴候を自分で決める》（リトレ Littré）。だから見せかけたり、隠すのは現実原則に触れない。その差異は常に明らかだ、つまり差異が隠されているにすぎない。ところがシミュレーションは、《真》と《偽》、《実在》と《空想》の差異をなしくずしにしてしまう。《真》の病気の徴候をつくってしまうのだから仮病（simulateur）を使う人は病気なのか、それとも病気ではないのか。客観的に彼を病人とも病人でないとも位置づけられない。解決の見込みもない病気の真実に直面する心理学と医学はそこで立往生する。なぜなら、たとえどんな病気の徴候が《生産》されても、それが自然のなりゆきだと見なされ得ないのだから、あらゆる病気は擬装することができ、擬装されたものだと判断し得る。そして医学には意味がなくなる。なぜなら医学とは医学的客観原因にもとづいた《真実》の病気しか治療し得ないからだ。精神身体医学（psychosomatique）は、病気の原則限界に関しては、あいまいな展開をみせている。精神分析はどうか、といえば、身体のレベルにある徴候を、無意識のレベルにもどしてしまう。この無意識も《真》、他のものより本当だと見なされている――だが、なぜシミュレーションは無意識という扉の前で立ち往生するのだろうか。なぜ無意識の《作業》は古典的な医学の様々な徴候と同じ様に《生産》され得ないのか。夢がすでにそのような存在であるのに。

むろん精神病医は《精神錯乱の個々の形には仮病者が知らない徴候の連鎖の中に、ある特別な秩序があり、忘却は精神病医をだませないだろう》と主張する。これは（一八六五年のことだ）なにがなんでも真理原則を救おうとするためであり、シミュレーションが提起する疑問から逃れようとするものだ──すなわち、真実、照合、客観的原因、それらがもはや存在しないのだ。だとすれば、病気というあちこちにうつろうもの、健康というあちこちにうつろうもの、もはや真実でも偽りでもないディスクールである病気の倍増に、医学はどう対処し得るのか。決して見破られることのないシミュレーションのディスクール中にある無意識のディスクールの倍増に、精神分析医はどのように対処し得るのか、なぜならそれもまた偽りではないからだ。(2)

仮病兵に、軍隊はどのように対処し得るのだろうか。昔から軍隊は目印をつける、といった明確な原則で仮面をはぎ、罰した。いま軍隊は、同性愛者や心臓病患者、あるいは《真》の狂者と全く同等に、最良の仮病兵を不適格者として退役させ得るのだ。軍事心理学でさえデカルト的明晰な目で見れば偽と真、《生産》された徴候と本物の徴候の判断をためらう。《狂者をうまく演ずる者は狂者だ》そして、あらゆる狂者は擬装し、このあいまいさが秩序を乱すもとだと見る点においては、軍隊はまちがっていない。典型的な理性があらゆるカテゴリーで武装したというのも、まさにこの軍事心理学に対抗したからだ。とはいうものの、軍事心理学こそ今日新たにそれらのカテゴリーをはみ出させ、真理原則を押し流す。

医学と軍隊の彼方、シミュレーションの選択の地では、問題になる事柄は宗教と神のシミュラークルに帰着する《私は寺院に、いかなるシミュラークルもあってはならないと禁じた。なぜなら、自然を活きさせる神が表現され得ないからだ》。ところが神は表現され得る。とはいうものの、もし神がイコンだと露見したり、その神がシミュラークルになり下がったりしたら、神はどうなってしまうのだろうか。画像に生まれかわり、目に見える神学に変えるだけで、その神には崇高なる権威が宿るのだろうか。あるいは豪奢と魅惑の力をひけらかすだけのシミュラークルの中で神は蒸発するのだろうか――イコン製造設備が神の純粋で明瞭なイデアにとって代わるのであろうか。イコン破壊論者がおそれていたものはまさにその点だ。一千年に及ぶ論争はいまだに続いている。(3) 彼らはシミュラークルの全能を、彼らが人々の信仰心から神を消し去ろうとする力を、そして彼らがちらりとのぞかせた破壊的で今にも消えうせようとするこの真実、実は神なんかどこにも居ず、シミュラークルとしてしか存在せず、そのうえ神そのものが、神自体のシミュラークルでしかなかったということを、ずっと前から予知していた――だからこそ画像破壊の嵐が起きた。彼らが画像とはプラトン派の神のイデアを隠したり、神秘でつつむだけのことだ、と信じ得たら、何も破壊することはなかったはずだ。偽りの真実を想っても生きてゆけるのだ。だが彼らの形而上学的絶望の原因は、画像は何事も隠さず、結局画像は画像ではなかったし、オリジナルなモデルを必要としない画像であり、しかもそれらはまさしく完璧なるシミュラークルであり、それらはいかなる時でも、それ特有の魅惑で光り輝いているのだ、という考えがあったからだ。だからこの神の照合系の死をどんな犠牲を払ってでも祓いのけねばならない。

画像を軽蔑し否定した、といって非難されるイコン破壊論者こそ、画像に正当なる価値を認めてきたといってもいい。その反対にイコン崇拝論者は、画像に反射しか見い出せず、しかも神をすかし模様として崇拝してきたようだ。だが逆に語ってもいい、というのはイコン崇拝者は最も近代的で冒険好きな精神の持主だった。なぜなら画像の鏡の中に神がすけてみえるという口実の下に、彼らは、神を表現するものが具体的な姿をとるにつれて神の死とその消滅をあやつってきた（したがって彼らは、画像が何も表現せず、もともと遊びであり、そのうえ、それこそまさしく大きな賭けだったことを多分知っていたのだろう――しかも画像の背後には何もないことを隠しているのだから、画像の仮面をはぐことは危険だと承知していたのだ）。

イエズス会士たちは神の潜在的消滅と、世俗的で見世物じみた信仰の操作に基づいて、彼らなりの政策を立てたにちがいない――権力が具体的な姿をとるにつれて神は徐々に消えゆく――このようにして勢力と記号の自在な戦略のアリバイにしか役立たぬ超越性に終止符が打たれた。画像の異様な背後には、うとましくも秀れた政策が隠れている。

したがって、ここで賭けられているものは、いつでも画像の殺戮的力であり、実在の殺人者であり、それらのモデル自体の殺人者であったにちがいない。ちょうどビザンチンのイコンが神性を証明する存在であり得たように。「実在」の目に見える明瞭な調停役である弁証法的力のようにこの殺戮的力と絵画的表現の力が対立する。あらゆる西欧的信仰や誠意は、この絵画的表現の賭けに巻き込まれてしまったのだ。つまりたとえある記号が意味の深みに追いもどされようと、ある記号が意味と交換し得ようとも、何かがこの交換の保証をするものとして役立つのだ――もちろんそれは神だ。だが仮にも神は模擬（simulé）されることなぞあり得るのだろうか、つまり信仰の対象である記号になり下がるのか。だとすれば、あらゆるシステムは無重力になり、システムそのものは巨大なシミュラークルでしかなくなる――非実在、というよりシミュラークルだ。つまり決して実在と交換せず、自己と交換するしかない、しかも、どこにも照合するものも、周辺もないエンドレス回路の中で。

これが表象（représentation）と対立するシミュレーションだ。表象とは記号と実在が等価であることに由来する（たとえこの等価がユートピア的であろうと、これこそ根本的な自明の理だ）。シミュレーションは逆に、等価原則のユートピアに由来する、価値としての記号をラジカルに否定することに由来し、あらゆる照合の逆転と死を宣告するものとしての記号に由来するのだ。そこで表象はシミュレーションを、誤ったシミュレーションに解釈することでシミュレーションを吸収しようとし、シミュレーションは、あらゆる表象自身の体系全体を、シミュラークルとしてつつみ込むのだ。

画像《イメージ》は次のような段階を経てきたようだ。

●画像はひとつの奥深い現実（réalité）の反映だ。

●画像は奥深い現実を隠し変質させる。

●画像は奥深い現実の不在を隠す。

●画像は断じて、いかなる現実とも無関係。

つまり画像はそれ自身純粋なシミュラークルだ。

第一の場合、画像は良い外観だ――表象は秘蹟に属する。第二の場合は、画像は悪い外観だ――表象は呪いに属する。第三の場合、画像は外観になろうとする――つまり画像は妖術に属する。第四の場合、画像は断じて外観に属しはせず、シミュレーションに属する。

何もないことを隠す記号、何かをそんな記号に隠すような記号の推移は決定的転機を印す。前半の場合では、真実と秘密を究める神学に至らせる（いまだイデオロギーに属する）。後半では、シミュラークルとシミュレーション時代の幕開けを告げる。そこには自分のものだと見わける神もなければ、偽物を本物から区分したり、実在をその人為的復活から区分する最後の審判も存在しない。なぜならすべては、すでに死に絶え、前もって蘇っているからだ。

実在が、かつてあった実在ではなくなる時、ノスタルジーがあらゆる意味を獲得する。起源神話と現実の記号が競い合い、付随的な真実、客観性、本物らしさ等が競い合う。真実や体験や具体的な物の形の復活などがエスカレートし、だからそこで客体（objet）と実体が消滅した。気違いじみた物質生産と並行し、それを上回って実在と照合系が狂ったように生産される、これがわれわれの身辺でくりひろげられるシミュレーションだ——実在の戦略、ネオ実在とハイパーリアルの戦略、それらがいたるところで抑止の戦略を倍増する。

ラムセス、あるいはバラ色の復活

民族学は一九七一年のある日、すんでのところで逆説的な死をとげるところだった。その日、ジャングルの奥深く、植民者の手もとどかず、旅行者や民族学者の手もとどかず、八世紀もの間、他の人種と何の接触もなく生きてきた、発見されたばかりの数十名のタサデイ（Tasaday）を彼ら本来の原始性にもどそうと、フィリピン政府が決心したのだった。それは人類学者が自ら決めたことだ。彼らが土着民と接触するやいなや、まるで大気中のミイラのように、分解してしまうことに気づいたからだ。

民族学が生きるためには、研究対象は死なねばならない。研究の対象は《発見された》がゆえ命をかけて仕返しをし、その研究対象を捕えようとする科学に死をもって挑戦する。

あらゆる科学はこんな逆説的な斜面に生きている。その斜面で科学は、わかっていながらも研究対象の凋落と、この死せる研究対象が科学に及ぼす無慈悲な逆転にその身を捧げているのではなかろうか。まさしくオルフェウスのように科学はいつでも早くふり返りすぎ、ユウリディケのように研究対象は再び地獄に転落する。

この逆説的地獄に対抗し、民族学者はタサデイ周辺の原始林を保安のコードで封じ、保護しようとした。誰もそこに立入らないだろう。鉱山のように鉱脈は閉じられた。科学はそこで貴重な拠点を失う。だが研究の対象は安全にちがいない。科学が敗れ、《純潔》は無疵だ。それは犠牲とはいえない（科学の自己犠牲などあり得ない、科学は常に殺戮的だ）、むしろそれは科学の現実原則を救うために、研究対象を模擬犠牲に供したのだ。自然なエッセンスの中に凍結されたタサデイは、科学にとって完全なアリバイ、永遠の保証人として役立つにちがいない。そこで、終わりを知らぬ反民族学が始まる。ジョーラン（Jaulin）、カスタネーダ（Castaneda）、クラストル（Clastres）などはその様々な証拠だ。どちらにせよ、ある科学の論理的向上とは、たえず研究の対象からどれだけ多くの距離をおき得るかであり、しまいにはそれなしですませることだ。つまり科学の自律とは、より魅惑《ファンタスティック》的であることでしかなく、科学はその純粋な形態に達するのだ。

このようにしてインディアンはゲットーに、無疵な森のガラスの棺に追い返され、民族学以前の、想像可能なインディアンのシミュレーションモデルとして復元した。科学の手で再現されたすべてのインディアンの《ありのままの》現実を前にして、科学は科学のむこう側で、思いきり化身しようとやっきになる——未開人は民族学のために再び未開人であらねばならぬ。何という裏返し、何という科学の勝利、未開人を破壊せんと試みたというのに！

もちろんこの未開人は再生者だ。つまり冷凍され、起寒剤をつめられ、消毒され、死から保護され、彼らは身元保証付きのシミュラークルになり、科学は純粋なシミュレーションと化した。〔フランスの〕クルーゾ（Creusot）の街も同じだ。《輝ける》博物館の一環として、労働者街区域全体を、生きた精錬業地域を、男女、子供までも組み入れた文化のすべてを、その街のある時代の《歴史的》証言に見立てて、街を博物館にしてしまった——身振り、言語、習慣までも映画のひとコマのように生きた化石と化した。幾何学的な場所に限られることなく、博物館は今後どこにでも、まるで生活の場と同じように存在する。このようにして民族学は、客観的な科学として限定される代わりに、その研究対象から解き放たれ、あらゆる生きた物事に普及し、目に見えぬものになるだろう。それはまるで四番目の次元、つまり、シミュラークルの次元が、至るところにあるように。われわれは皆タサデイだ、むかしにもどったインディアン、つまり民族学が変えてしまったインディアンそのものだ——民族学の普遍的真実を宣言するのは、結局シミュラークル・インディアンだ。

われわれは皆生きながらにして民族学の、あるいは輝かしき民族学の純粋形態でしかない反民族学のスペクトル光線の中を通った。それも死滅した差異の、そして差異の復活という記号の下で。したがって未開人やどこかの第三世界で民族学を研究しようとするのはとんでもない無知をさらすようなものだ――民族学は、ここ、大都市の、白人社会のどこにでもある。すみずみまで調査済みで、分析され、その次に実在する種族として人工的に復元された世界の中に、そしてシミュレーションと真実の幻覚、実在を脅かし、象徴的形態とそのヒステリックで歴史的な回顧が殺される世界のどこにでも民族学はある――その名にふさわしく未開人は最初の犠牲になった。だがこんな殺害は西欧社会全体に前々からまんえんしていた。

しかもそれと同時に、民族学は民族学を殺す秘密とは何かについて唯一で決定的な教訓をわれわれに与える(未開人は民族学より、はるかにそれをわきまえていたのだ)。つまりそれは死による復讐だ。

科学的研究対象を隠すことは狂気と死を隠すことと同じだ。そして同様に社会全体は狂気が自ら張りめぐらしたこの狂気の鏡で取り返しのつかぬほど汚染された、だからこそ科学は、科学の裏返しの鏡像である研究対象が死に、それに汚染されて死ぬしかない。科学は研究対象を制するかのごとく見えるが、気づかぬまま逆転して実は研究対象こそ深く科学を包囲する。しかもそれは、ぬけがらになり堂々めぐりの問いに、ぬけがらで、堂々めぐりの答えしか与えないのだ。

たとえ社会が狂気の鏡を破っても何も変わりはしない(収容所を廃し、狂者に発言させる等々のことをしても)。科学がその客観性という鏡を破るかに見えても(カスタネーダ派のように研究対象の眼前で客観性をすてても)、そして《差異》に屈しようとも。封鎖という形で曲折し減速された数限りない装置がその後に続く。民族学が伝統的な研究機関の中で崩れゆくにつれ、民族学は反民族学となって生きのびる。

その作業とは、差異のフィクションや未開のフィクションなどをあちこちに再び注ぎ込むことだ。それというのもわれわれの、この世界がそれなりに未開にもどり、差異と死によって荒廃してしまったことを隠すために。

同様に、オリジナルを救おうという口実でラスコー洞窟の見学を禁止した。にもかかわらずだれもが洞窟を見られるように、そこから五〇〇メートル先に完全な複製《レプリカ》を創った（まずのぞき穴からちらりと本物の洞窟を見て、その後、見学者は復元された全体を見る）。後世の人々の心には本物の洞窟の記憶さえ、おそらくおぼろげになるだろう。だがもはやそこには差異さえもない。つまり二つに分けるだけで、洞窟を二つとも人工的なものにさせてしまうのだ。

そしてまた、数十年間も博物館の奥深く放置したあげく、最近になってラムセスⅡ世のミイラを救おうと、あらゆる科学技術が動員された。西欧は、人の目からも光からものがれて、象徴的秩序が四〇世紀もの間保存するすべを心得ていたものを救えないかもしれない恐怖にかられた。ラムセスはわれわれにとって何の意味もない、ただミイラがけたはずれの値段だということぐらいしか。というのは、ミイラとは蓄積に意味があることを保障するものだからだ。線状的で、蓄積型のわれわれの文化は、白日の下に過去を蓄積し得なければ壊れてしまう。そのためにも〔エジプトの王〕ファラオ達を墓から、ミイラをその静寂から引き出さねばならぬ。そしてまたファラオを発掘し、彼らに軍事的栄光を捧げねばならない。だがまさにその時ミイラは科学と虫の犠牲となる。完全な秘密のみがミイラの数千年におよぶ力を保ってきた――腐敗の征服こそ、死と交換するあらゆるサイクルの征服を意味していた。われわれは科学をミイラの修復、に役立たせることしかできない。つまり目に見える秩序に修復することだ。ところが防腐処理とはある隠されたいい次元を不死身にする神秘に満ちた作業であった。

われわれにには目に見える過去が、明白なる連続性が、明らかな起源神話が必要だ、われわれとわれわれの未来を約束するような。なぜならいまだかつてそれを心底から確信したことはなかったからだ。オルリー空港でミイラを迎えるあの歴史的光景は、そんなところに原因がある。ラムセスは偉大なる専制的で軍事的な象徴だったからだろうか。たしかにその通りだ。いやむしろわれわれの文化は、古代の権力の背後でわれわれの文化がつけ加えようとしている、その文化とは何の関係もなかったはずの、ある秩序を夢みているのだ。そしてわれわれの文化は、自らの過去としてその秩序をあばき立て、根だやしにしたからこそ、その秩序を夢みるのだ。

かつてルネッサンス時代のキリスト教徒がキリストの福音を聞いたこともなかった生物（人類？）、アメリカのインディアンに魅せられたように、われわれはラムセスに魅せられた。植民地政策の初期には、キリスト教の普遍的原則からはみ出ることもあり得るのをまのあたりにして、驚きあきれ、わけがわからなくなった期間もあった。だから二つの事柄のうち、どちらかひとつになる。つまりこの原則が普遍的でなかったことを認めるか、あるいはその証拠を隠滅するためにインディアンを滅ぼすかだ。どちらかといえば彼らを改宗させるに甘んじるか、彼らを発見するだけでもよかった。それでも彼らを徐々に滅ぼすに足りたはずだ。

このようにラムセスを滅ぼすには、博物館に入れ、ラムセスをあばくだけで充分にちがいない。なぜならミイラは虫のせいで腐敗はしない。ミイラは、腐敗と死の支配者である象徴性のゆるやかな秩序が歴史と科学と博物館の秩序へと移行して死に至る。われわれの秩序は、もはや何も支配せず、秩序に先行した腐敗と死に身を捧げることしかせず、その後、科学の力で秩序を蘇らせようとしている。あらゆる秘密にたち向かう取り返しのつかぬ暴力、秘密のない文明の暴力、文明の基盤に対する文明あげての憎しみ。

そして民族学のように、すべてが純粋形態の中でより安全であろうとして研究対象を手離そうと企むように、反博物館化でさえ、人工世界にラセンをひとつ加えただけだ。莫大な費用をかけてニューヨークのクロイスター（Cloysters）博物館から《原地点》に復元するために本国に帰還させようとしているクスカ（Cuxa）のミカエル（Michel）僧院がその証拠だ。その復元には誰もが賛同するだろう（シャンゼリゼの《歩道再獲得試み作戦！》と同様に）。ところが、たとえこれらの柱頭の移動が実はかつて不法な行為であったとしても、ニューヨークのクロイスター博物館が、まぎれもなくあらゆる文化のモザイクであろうと（資本主義的価値集中の論理によれば）、もとの場所に再び移そうとするのは、それこそまさしく人工的だ。つまりそれは一回転して《現実》とつながってしまう全シミュラークルなのだ。

僧院はニューヨークに残すべきだった、擬装された環境の中に。そうであったら少なくとも誰の目もごまかしはしなかったはずだ。本国に帰還させるなんてつけ足しの言いのがれにすぎない、まるで過去には何事も起こらず、回顧趣味の幻想を味わわせるようなものだ。

同様に、アメリカ人はインディアンの人口を植民政策以前の数に回復したと、有頂点になっている。すべてをぬぐい去り、また一から始めるのだ。彼らはよくやったと、もとの数より上回った、と自慢げだ。

これが文明の優位性の証明というものだろう。つまりこの文明は、かつてインディアン達がなし得なかったこと、より多くのインディアンを生み出すだろう（全くお笑い草だが、この種の過剰生産は、またもやインディアンを破滅させるものだ。なぜなら、インディアンの文化とは、他の部族文化と同様、グループとしての制限と《自由な》増殖を拒否して成り立っているからだ、例えばイシ（Ishi）族のように。したがってインディアンの統計的《プロモーション》の中には、象徴性の絶滅の中には、ゆきすぎたステップがあるのだ）。

このようにしてどこを見ても不思議にも、オリジナルと似通った世界にわれわれは生きている――そこには自ら描いたシナリオ通りに物事は複製されている。だがこの複製は、伝統の中で見られたように、物事に死の危険が迫りつつあることを意味しているのではない――それらの物事は自らの死に相手にされず、うまくいっても生にも相手にされはしない。つまり物事のモデルに照らされ、よりにこやかで本物らしく見える、これが葬儀場の素顔だ。

ハイパーリアルとイマジネール

ディズニーランドは、錯綜したシミュラークルのあらゆる次元を表わす完璧なモデルだ。それはまず錯覚と幻影の遊びだ。海賊船、開拓の国、未来の国などのように。こんな空想世界は企画として大当りすることになっている。だが群衆を魅了するのは、実在するアメリカ、その強制と歓喜を表わす社会の縮図、宗教的快楽、ミニアチュア化が、まずそこにあるからにちがいない。ディズニーランドの外側に駐車し、内側で行列をつくり、出口では完全に放り出される。この空想世界の唯一の夢幻は、といえば、それは群衆をつつむやさしさとあふれるばかりの愛情、という夢幻であり、群衆の情動をある状態に保つためだけに存在するガジェットの数量が必要十分であり、なお過剰なまでにあるような気分にさせることだ。強制収容所としか言いようのない駐車場の隔絶した孤独との対比は完璧だ。というよりむしろ、内側では多様なガジェットが予定通りの流れに群衆を引きつけ、外側には孤独に導く唯一のガジェット、つまり自動車がある。思いがけぬ偶然で(むろんそれは、こんな世界にとって喜ばしいことに相違ないが)、冷凍にされた子供じみた世界は、今日凍結されてしまったある一人の男が、はからずも自ら考え、実現した。ウォルト・ディズニー、彼は零下一八〇度から蘇ろうとしている。

したがってディズニーランドのどこにも、アメリカの客観的なプロフィールから個人や群衆の形態までもが見える。そこではミニアチュールとマンガで、ありとあらゆる価値が誇張されている。しかもかぐわしさと平和をつめ込んで。だからディズニーランドのイデオロギー分析が可能だ(L. Marin は著作 *Utopique, Jeux d'espaces* 空間遊び でうまく分析した)。というのは、それがアメリカ的生活様式のダイジェストであり、アメリカ人的価値の賞讃であり、矛盾に満ちた現実を美化し、すりかえたものだからだ。たしかにその通りだ。だがそれだけでは別の事柄を隠し、そのうえこの《イデオロギー的》たくらみは、第三段階のシミュレーションを見えなくしている。つまり、ディズニーランドとは、《実在する》国、《実在する》アメリカすべてが、ディズニーランドなんだということを隠すために、そこにあるのだ(それはまさに平凡で言いふるされたことだが、社会体こそ束縛だ、ということを隠すために監獄がある、と言うのと少々似ている)。ディズニーランドは、それ以外の場こそすべて実在だと思わせるために空想として設置された。にもかかわらずロサンゼルス全体と、それをとり囲むアメリカは、もはや実在ではなく、ハイパーリアルとシミュレーションの段階にある。問題は、現実(イデオロギー)を誤って表現したというよりも、実在がもはや実在ではなくなったことを隠す、つまり現実原則を救おうとすることにある。

ディズニーランドの幻想は真でも偽でもない。それは実在のフィクションをリバースショット(contre-champ)で再生しようと演出をもくろむ抑止の仕掛けだ。だからそこにディズニーランドの空想の弱点と、その小児的退行がある。大人は別の世界に、《実在》する世界に居る、と思い込ませるためにこの世界はできる限り子供らしく振舞う。そのうえ本物の小児性がどこにでもあるのを隠そうとして、そしてまた自己の実在する小児性をあざむこうとして、子供の真似をしにディズニーランドにやってくるのは、他ならぬ大人なのだ。

ディズニーランドだけがそうではない。エンシャンテッド・ヴィレージ、マジック・マウンテン、マリン・ワールド、ロサンゼルスはこんなたぐいの空想的中核に囲まれ、それらの中核はひとつの街に実在や、実在のエネルギーを補給し、そのミステリーはまさに、非実在的で絶えることなく循環するネットワークでしかないことだ——広々とした架空の街、だがそこには距離も方角もない。発電所や原子炉の中核と同様に、映画の撮影所と同じように、莫大なシナリオでしかないこの街、無限に続く移動撮影でしかないこの街には、子供時代の記憶と、偽の幻影でできた心地良い神経網のような古くさい幻想が必要だ。

ディズニーランドとは、他の場所でもそうだが、空想の再生空間だ。しかもこの場こそ、廃棄物処理工場なのだ。いま廃棄物を、夢を、幻影を、歴史的夢幻的幻想をいたるところで再利用《リサイクル》しなければならない。子供や大人の伝説とは廃棄物だ。これこそハイパーリアルな文明の、最初にして最大の有毒な廃棄物だ。ディズニーランドとは精神面におけるこんな新しい機能を備えたプロトタイプだ。カリフォルニアに繁殖するセックスや精神、身体のリサイクル研究所などは皆同じようなものだ。人々は互いに見つめ合うこともせず、その代わりに研究所がある。互いに触れ合うこともなく、代わりにコンタクトセラピーがある。歩くこともせず、ジョギングするなど。いたる所で失われた才能や、だめになった身体や、見失った社会性や、食品から抜け落ちた味覚を再生している。欠乏や苦行、そして消え失せてしまった野生的自然を再生しようとする。例えば自然食品、健康食品、ヨガのように。これは副次的なレベルではあるが、マーシャル・サーリンズ (Marshall Sahlins) の理論で確かめられる。それによれば欠乏をにじみ出させるのは市場経済であり、自然がそうするのでは全くない。つまりここで、勝ち誇った市場経済が複雑になりその極限で、欠乏／記号、欠乏／シミュラークル、低開発という模擬の態度（マルクス主義者のテーゼを採用していることも含めて）が再び生まれでる。しかもそれはエコロジーとか、エネルギー危機とか、資本批判といった口実の下に、わかりやすい(exotérique)文化の勝利に、難解な(ésotérique)最後の栄光なるものをつけ足すのだ。しかし、たとえそうであっても、精神的危機や、前例のない精神的内破（implosion）と退行などは、この類のシステムをつけねらっているにちがいない。それは、不可思議な肥満、あるいは想像を絶する不思議な理論と実践の共存という兆候となって目に見えるであろうし、それはまた、驚くべき豪奢と天国とゼニの共存に釣り合い、比類なき生活の贅沢な物質化と、見たこともない矛盾の共存に応えるのだ。

政治的まじない

ウォーターゲート事件。それはディズニーランドと同じシナリオ（人為的な境界周辺のむこう側にも、こちら側にも、もはや現実は存在しないことを隠す空想的な効果だ）、つまりここでは、犯行と告発の両者の間には何の差異もないことを隠すスキャンダルが事件の結末だった（CIAの連中とワシントンポストの記者のやり方は全く同じだ）。この同じ作戦は、スキャンダルを媒介にして道徳的、政治的原則の刷新をめざし、空想を媒介にして失われつつある現実原則の刷新をめざす。

スキャンダルの告発とは、常に法律に捧げる敬意だ。ウォーターゲート事件は、まさに、ウォーターゲートがスキャンダルであったと、うまく思わせてしまった——このような意味で、それはあっぱれな解毒作用だった。世界的なスケールで、手ごろな量の政治的良心が注入されたことになる。ブールディユ（Bourdieu）のようにこんなことも言えるだろう《あらゆる力関係の本来の特性とは、それ自体を自ら隠すことであり、だとすればそれ自体自ら隠れている限りにおいて、あらゆる力を得るのである》。この言葉をふまえて次のように言えるだろう。無軌道で何物もはばからぬ資本は、規制する上部構造の裏側で初めて力を発揮するものだ。そして（憤慨とか告発などといったかたちで）大衆の道徳心をめざめさせようとする者はだれでも、資本の秩序に加担することになる。ワシントンポストの記者はそのような存在だった。

だがこれはイデオロギーの一形式にすぎないのかも知れない。そしてブールディユがそれについて述べる時、彼は資本主義支配の真実としての《力関係》をにおわせている。しかも彼はこの力関係こそがスキャンダルであることをあばいているのだ——したがって彼は、決定論者で道徳家でもあるワシントンポストの記者と同じ立場にある。彼は、道徳的秩序、社会的秩序の真の象徴的暴力をひき起こす真実の秩序を清め、立て直すのと同じ作業をした。それはちょうど人間の道徳的、政治的意識にある、不安定で善くも悪くもない形式でしかないあらゆる力関係のはるか彼方で。

資本がわれわれに要求するのは、資本を合理的なものとして認めるか、あるいは合理性のために資本と戦うかだ。そして資本を道徳として認めるか、あるいは道徳のために資本と戦うかだ。なぜなら、それはどちらでも同じことで、別の形をかりてはっきり読みとれることでもあるのだ。つまりかつて、ひとつのスキャンダルを隠そうと努力してきた——現在、そのスキャンダルがひとつではないことを、必死で隠そうとしている。

ウォーターゲートはスキャンダルなどというものではない、これこそなにがなんでも言っておかねばならない。なぜならこの事実こそ、みんなが必死で隠そうとすることだからだ。つまり資本の原初的（演出）舞台に近づけば近づくほど、道徳という深みや道徳的危機の深みを覆い隠そうとする。資本の突発的な残酷さ、資本の不可解な狂暴性、資本の根本的非道徳性を隠そうとするのだ。——啓蒙主義から共産主義理論に至るまでの左翼の思想にとって自明の理である道徳と経済の均衡を旨とするシステムにとって、このことこそスキャンダルであり、容認し難いのだ。こんな契約の思想を資本のせいにするが、資本にとってみれば全くどうでもいいことだ——資本とは、巨大で無原則な企てだ、といい切れる。資本とは、自己に規則を強制しながら自己管理を追求する《啓蒙的》な思想だ。そして今や革命思想にとって代わっているあらゆる不満は、どれも現在、資本が法則に従わない、という不満に変わった。《権力は不当だ、権力の正当性は階級の正当性である、資本は我々を搾取する、など》——まるで資本は、資本が支配する社会とはじめから契約で結びついていたかのごとくだ。均衡の鏡であるような資本をめざすのは左翼の方だ。うまくゆくだろうと、社会契約というあの幻影に夢中になり、資本の義務を社会全体にゆきわたらせられるかも知れぬと期待しつつ（であるなら、革命は必要ない。つまり資本が交換の合理的公式に従えばそれで充分なのだから）。

資本は、それ自体、いまだかつて資本が支配する社会と契約を結んだことはなかった。それは社会関係の妖術であり、社会に対する挑戦であり、資本は社会に対する挑戦として自らに答えねばならない。資本は、道徳あるいは経済合理性に従って告発すべきスキャンダルではなく、資本とは象徴的原則に従って測るべき挑戦なのだ。

ラセン状否定──メビウス

ウォーターゲート事件は、体制が、反体制側に仕掛けたわなでしかなかった——刷新をもくろむスキャンダルのシミュレーションだ。これは映画〔『大統領の陰謀』〕で《ディープ・スロート》〔ワシントンポスト記者、ウッドワードの秘密情報源である人物〕によって演じられた。彼はニクソンをほうむり去るためにジャーナリストを操る共和党の黒幕だと噂された——それも一理ある。どんな仮説も可能だが、これはちょっと浅薄だ。つまり、左翼は自らすすんで右翼の働きをするものだ。だからといって、そこに良心の呵責を見い出すのは軽率だ。なぜなら右翼もまた、左翼の働きを自発的にするのだから。終りなき回転台では、あらゆる操作にまつわる仮説は可逆的だ。というのは、操作とは肯定と否定を互いに引き起こし、と同時にそれを隠し、そこには受動も能動もないうつろいやすい因果関係だからだ。このうずまく因果関係を任意に止めることでしか政治の現実原則を救うことはできないのだ。限度があり、因襲的な展望の場であり、ある行為、あるいはある事件の前提と結末が計算できる場のシミュレーションが政治的もっともらしさ（もちろん《客観的》分析、闘争、など）を維持し得る。仮に、線状的連続性と、弁証法的引力がもはや存在しないシステムの中で、シミュレーションのせいで調子が狂ってしまった場の中で、何らかの行為や事件の一部始終を予測しようとしても、そこでは、確たることはすべてふっとび、どんな行為も全員に利益をもたらしつつ、各方面に利益を分配しつつ事件のサイクルの終りには消えてしまう。イタリアで爆弾が仕掛けられたとしよう。それは極左の仕わざか極右の挑発か、あるいは過激なテロリストの評価を下げ、動揺に乗じて彼らの力を封じようとする中道派の仕掛けか、または住民の安全をねたにする警察のシナリオか。そのどれもが同時に本当だ。証拠や事件の客観性追求などで事件はどのようにでも解釈できる。われわれはシミュレーションの論理の中で生きているのであり、事件の論理や理性の秩序とは何の関係もないのだ。シミュレーションの特徴とは、モデルが先行することであり、どんなささいな事件であろうとあらゆるモデルが先行する——まずモデルがそこにある。モデルの円軌道、それは爆弾の円軌道に似て、それが事件の本当の磁場を作る。事実にはそれがたどるべき道筋はなく、事実はモデルとモデルの交点で生まれ、一度にすべてのモデルからたったひとつの事実を生むことさえ可能だ。このような先取り、先行、短絡、モデルと事実の混乱（意味の隔りも、弁証法的引力も、負の電極さえもはやない。多くの対立する極は内部で壊れた)、この混乱が、たとえどれほど矛盾に満ちていようと、いつでもあらゆる解釈を可能にさせてしまう――一般的なサイクルの中で、解釈から生まれたモデルのイメージに似せて事件の真実が交換されるのであれば、すべてが本当だ。

コミュニストたちは、あたかも左翼連合の破綻を望んでいたかのごとく社会党を批難する。彼らは自分達の抵抗が、よりラジカルな政治要求に基づいていたのだと思わせてきた。ところが彼らは権力がほしくないのだ。左翼一般にとって不利な状況にあるからだろうか、それとも左翼連合内部で彼らが不利な状況にあるから権力をほしがらないのだろうか――あるいは取決めによりやめてしまったのだろうか。ベルリンゲル(Berlinguer)が《イタリアで共産党が政権をとっても、こわがることはない》と表明した。これは同時に次のことを意味する。

● こわがらなくてもいい、たとえ権力の座についたとしても、コミュニストはまるで基本的な資本主義のメカニズムを変えないだろうから。

● 危険などまるでない、というのは彼らは決して権力の座に着かないから(というのは、彼らはそれを望んでいないのだ)――たとえその座を占めたところで、代理政権でしかないだろう。

● 実は、権力、真の権力はすでに存在しない、したがってだれかが権力を得ることも、再びその座に返り咲く危険もない。

● いや、むしろ、私、ベルリンゲルは、イタリアで共産党が権力をとってもこわくない――これは当然のように見える、が、それだけのことではない、なぜなら、

●このことは逆のことを言いたいのだろう（そのための精神分析の必要はあるまい）。私はコミュニストが権力を取るのを見るのは恐い（これにはそれなりの理由がある、たとえひとりのコミュニストにとっても）。

　これらすべてが同時に本当だ。それはもはや曖昧なだけではないディスクールの秘密だ。ちょうど政治的ディスクールの存在がそうであるように。だがその秘密が権力を確たる立場に置くことを不可能にさせ、ディスクールを確たる立場に止めることをも不可能にさせる。この論理はあるひとつの政党に当てはまり、他の政党に当てはまらない、といったものではない。それは自らの意志とは関係なくあらゆるディスクールをつらぬくものだ。

　誰がこの混乱を解決し得よう。ゴルディオン〔解決不可能な難問〕の結び目だけはおそらく解かれるかも知れぬ。メビウスの環、その環は、分割しても表面が反転したままさらにもうひとつの螺旋を生む（ここに仮説の可逆的連続性がある）。シミュレーション地獄とは、拷問地獄でさえない、それは微妙で、不吉で、とらえどころのない意味のねじれだ[4]——そこではブルゴス（Burgos）の有罪者達でさえ、動揺したヒューマニズムが、いま一度よみがえるチャンスをうかがっている西欧デモクラシーに向けられた、フランコ（Franco）の贈物なのだ。そのうえ、怒りに満ちた抗議はこのような国外の介入に反発したスペイン民衆を結集させ、逆にフランコ政権を強固にさせているのだろうか。これほど複雑な事柄が当事者さえ知らぬ間に見事に絡みあっている時には、こんな事実すべてのどこに真実があるのだろう。

　システムは連鎖しそのシステム相互の極端な連鎖は、曲面鏡の両端のようだ。政治の場の《邪悪》なカーブは、これから先、磁気化され、円形になり、右翼から左翼まで可逆になる。ねじれ、それはまるでコミュニケーションの天才的ないたずら者だ。あらゆるシステム、資本の無限性は自己の表面に閉じこもった。超有限（transfini）？　欲望と好色な場についても同じことではないだろうか。欲望と価値の連鎖、欲望と資本の連鎖。欲望と法の連鎖、法の変　身《メタモルフォーゼ》という究極の享楽（だからこそ法はこれほどまでどこにでもある話題となっている）。資本だけが享楽する、といったのはリオタール（Lyotard）だ。だが今後われわれこそ資本の中で享楽するのだ。ドゥールーズ派の言う驚くほどうつろいやすい欲望、《あたかも無意識のごとく、欲望が欲するものを欲しつつ、自ら革命的》欲望をもたらす正体不明な豹変、とは、自己抑圧を願望し、パラノイア的でファシスト的なシステムを準備することになっているのだろうか。いたずらなひずみは、欲望の革命を別の革命、歴史上の革命と同じように、根底から曖昧にしてしまうのだ。

あらゆる照合系は、自らのディスクールをメビウス的円環の強制に巻き込む。セックスと労働は、つい最近まで極度に対立する概念だった。ところがそれらは今日同じタイプの要求で解決してしまう。かつて歴史に関するディスクールは、自然のディスクールに、欲望のディスクールは、権力のディスクールに荒荒しく敵対する力を備えていた――ところが現在、それらは互いにその意味作用とシナリオを交換し合っている。

操作上の否定的側面のすべてや、ウォーターゲート事件のように、スキャンダルや幻影や模擬殺人で死にかかっている原則をよみがえらせようとする抑止のシナリオ全体について語るひまはない――それは否定と危機を使ったホルモン治療のようなものだ。つねに空想が実在を証明し、スキャンダルが真実を証明し、違反が法を証明し、ストライキが労働を証明し、危機が体制の証しとなり、革命が資本の証しであり、さらに他の分野（タサデイ）では、研究対象を失うことが民族学の証しとなることなどが問題だ——数えればきりがないが、

反－演劇が演劇を証明し、

反－芸術が芸術を証明し、

反－教育が教育を証明し、

反－精神分析が精神分析を証明する、など。

あらゆることが好ましいとされる姿で生きながらえるためには、対立用語に変容するのだ。あらゆる権力、あらゆる組織は死のシミュレーションを使って現実的苦悩からのがれようとして自己を否定的に語る。権力が自己の存在と正当性にわずかな光明を見い出すためには、自己殺害を演出することさえあり得る。このようにしてアメリカの大統領、ケネディ兄弟は政治の場で重要な存在であったからこそ死んでいった。他の人物、ジョンソン、ニクソン、フォード達は操られた陰謀とか、模擬殺人にしか値しない。とはいうものの、彼らにもやはり権力の操り人形でしかなかったことを隠すために、わざとらしい強迫というアウラが必要だった。王者は昔、死すべきものだった(神もまた)、それこそが彼の力であったのだ。ところがいま、権力の恩寵を守ろうとして、彼はみじめにも死んだふりをしようとする。だが、この恩寵もまた消滅した。

自己の死の中に新たな血を求め、危機、否定そして反権力などの鏡を通してサイクルを再び軌道にのせ

ようとやっきになる。つまり、あらゆる権力とあらゆる制度のアリバイ的解決策だけが、権力の無責任さと根本的不在、そしてその既視（déjà-vu）と既死（déjà-mort）という、堂々めぐりを破ろうと企んでいるのだ。

実在の戦略

実在の絶対的レベルを再び見い出そうとすることが不可能であるのは、幻想を演出するのが不可能であるのと、まったく同じ次元の事柄だ。幻想はもはやあり得ない、なぜなら実在がもはやあり得ないからだ。これがパロディー、ハイパーシミュレーション、あるいは攻撃的シミュレーションに問われる政治問題のすべてだ。

例えば、弾圧の機構がより敏感に反応するとすれば、本当のホールドアップより、模擬《シミュレ》のホールドアップかどうか調べてみるのは興味深いことではないだろうか。なぜなら、本物のホールドアップは事柄の秩序や所有の権利を乱すだけだ。ところが模擬ホールドアップは現実原則そのものに危害を加えようとする。それに比べれば、違反や暴力など大したことではない。というのはそれらは実在の分配（partage）のみに抵抗するからだ。だがシミュレーションは危険きわまりない、なぜならシミュレーションは自己の目的を越えて、秩序と法律そのものが、まさにシミュレーションでしかあり得ないと想わせてしまうからだ。

だがむずかしいのは危険の度合だ。どうやって軽犯罪を装ったりそれを証明するのだろうか。百貨店で万引をシミュレーションすれば、保安係はどうやってそれがシミュレーション万引であることを確認するのだろう。《客観的》には全く違いはない。つまり、両方とも実在の万引と同じ動作であり、同じ記号だ。記号はどちらの側にも組しない。既成の体制にとってはどちらも常に実在の次元にある。

偽のホールドアップを企ててみなさい。まず武器が危害を加えないかどうかを確認し、絶対安心できる人質をとりなさい、だれひとりとして生命の危険にさらされないように（なぜなら、そうしなければすぐ罪になってしまう）。身代金を要求しよう、この作戦ができる限りの反響を呼ぶようにして——要するに、完璧なシミュレーションに対する組織の反応をテストするために、できる限り《真実》に迫ろう。そうはできないだろう。つまり人工的な記号のネットワークは実在の要素と解き難くからみ合うだろう（警官のひとりが本気で引き金を引くだろうし、銀行の客のひとりは気絶し、心臓発作で死ぬかも知れないし、取るに足らぬ身代金を差し出すだろう）。こんな風に、ただちに思いもよらぬ現実とぶつかってしまうだろう。したがってこの企てのひとつの機能は、まさしく、あらゆるシミュレーションの試みを消耗させ、すべてを実在に還元することだ——これこそ既成の体制だ、しかも制度や裁判が介入するずっと以前から。

このようにシミュレーションのプロセスは〈実在と〉分離不可能だ、その中で、実在しか調査し、理解することができない体制の重要性について検討しなければならない。なぜなら体制はそこだけでしか機能しないからだ。軽犯罪のシミュレーション、もしそれが発覚すれば、より軽い罰を受けるか（なぜならそのシミュレーションは《重大な結果》を引き起こさないから）、公安侮辱の罪を受けるだろう（例えば《必要もない》警官動員をしてしまえば）——だがそれは決してシミュレーションとしての罪ではない。なぜならシミュレーションである限り実在と対応するものは何もなく、したがって鎮圧もあり得ないからだ。シミュレーションの挑戦は、権力によって持ち上げられることはない。美徳のシミュレーションをどのように罰せようか。とはいうものの美徳のシミュレーションである限り、犯罪のシミュレーションと同等に重大だ。パロディーは服従と違反を等価にさせる、これこそ最も深刻な犯罪だ。なぜならその犯罪が法律を成り立たせている差異を無くしてしまうからだ。既成の体制はこれに何の抵抗もできまい。なぜなら法律はシミュラークルの第二段階であり、それに比べシミュレーションは真と偽、等価、あらゆる社会や権力が機能する合理的な識別などのはるか彼方の第三段階にあるからだ。そこに実在が欠如しているからこそ、体制はそれにねらいを定めるはずだ。

だからこそまさしく、体制は常に実在を選択する。疑いつつ常にこの仮説の方を好む（だから軍隊では仮病兵を本物の狂人にしたがるのだ）。だがこんなことは日増しにむずかしくなる。なぜなら、われわれをがんじがらめにしている実在の慣性力のためにたとえシミュレーションのプロセスを分離するのが実際上不可能だとしても、その逆もまた真だからだ（そして、この可逆性こそシミュレーションの仕掛け、権力の非力さの一端だ）。すなわち、これから先、実在のプロセスを分離することも、実在の証明をすることも不可能になる。

だから今後、ホールドアップや飛行機の乗取りなどは、みなシミュレーションのホールドアップのようなものになるだろう。ただしそれらの事件の演出と、起こりそうな結末が予測され、メディアの儀式めいて大がかりな宣伝と解読の中にあらかじめ登録済みである、という意味で。要するに、そこで事件は、ただ記号の回帰に捧げられた記号の総体として機能するが《実在》する事件の究極に向かっては全く機能しない。だからといってこの事実がそれらの事件を無害にするわけではない。確たる内容も本来の目的もなく、互いに無限に屈折したハイパーリアルな事件である限り、全く逆だ（歴史的といわれる事件、例えばストライキ、デモ、危機等でさえもそうであるように[5]）。だからこそ実在と合理、原因と結果にしか力を及ぼせない体制や、照合しか支配できない照合的体制や、一定の世界しか支配できず、かといってシミュレーションの漠とした循環や実在の重力の法則に従うこともないシミュレーションの無重力状態にある星雲に対しても無力な一定の権力では、ハイパーリアルな事件をコントロールすることはできない。その権力は権力の場で自滅し、権力のシミュレーションと化す（権力は自己の最終目標と目的から離れ、そして権力効果と大衆のシミュレーションに捧げられる）。

　権力の唯一の武器、この離反に対抗する権力の唯一の戦略は、あらゆる所に実在と照合系を注入しなおすことであり、社会の現状、経済の重力と生産の究極をわれわれに確かめさせることだ。そのためには危機のディスクールを好んで使う。だが欲望のディスクールだって使えないことはない。《現実に即して欲望を持ちたまえ！》というのは権力の最後のスローガンのように聞こえる。なぜなら照合不可能な世界では、現実原則や欲望原則の混乱でさえ、有毒なハイパーリアルより安全だからだ。人々は原則の間に止まり、そこでは権力が常に正しい。

　ハイパーリアリティーとシミュレーションは、あらゆる原則と目的に関しては抑止的だ。権力に対抗し、ハイパーリアリティーとシミュレーションは権力が長期間よく使ってきたこの抑止を逆転する。なぜなら結局、歴史の流れにそって、あらゆる照合系の破壊や人類のあらゆる目標を食べ初めに自らの腹をこやしたのは、資本だからだし、等価と交換のラディカルな法則や権力にとって堅固な法則を確立するために真と偽、善と悪の理想的な識別を最初に破ったのも資本だからだ。抑止、抽象作用、分断、非領土化、などを初めて演じたのも、資本そのものだ。そして資本が現実や現実原則を誘発したにもかかわらず、生産と富のあらゆる使用価値とあらゆる現実的な等価の根絶を通して、われわれの手中にある賭けられるものの非現実性と操作の絶大な力というセンセーションを通して、またもやまっ先にそれを排除したのは資本だった。これと同じ論理が、いま、資本と対抗し、激化しつつある。権力の残照は現実に基盤を置き、資本がその現実最後の微光を放ちながら、この螺旋形の危機と戦おうとしても、資本は記号を増殖させるか、シミュレーション遊びを加速することしかできない。

資本の歴史的危機が実在に起因してきたからこそ、等価な記号製造をてこにしてあらゆる矛盾を崩壊させながら、権力は抑止とシミュレーションを操ってきた。今や、資本にとっての危機は、シミュレーション（記号操作中に蒸発するシミュレーション）に起因し、権力は実在を操り、危機を操り、人為的、社会的、経済的、政治的に賭けられるものを再生産する。資本にとってそれが生死にかかわるからだ。だがもう遅すぎる。

それが現代を象徴するヒステリーだ。つまり実在を生産し再生産するヒステリーだ。別の生産、価値や商品の生産、経済学はなやかなりし時代の生産は以前からそれ本来の意味を失っていた。社会全体が生産と超生産を続けながら探し求めるものは、社会からこぼれ落ちてしまった実在だ。それゆえ現在、この

《物質的》生産それ自身ハイパーリアルなのだ。生産は伝統的な生産のあらゆる特徴やディスクールを保とうとする、だがその生産は減速された屈折でしかない（このようにハイパーリアリストは、幻覚的な類似の中に実在を固定する。だからこそ、あらゆる意味、魅力、あらゆる奥行き、表現のエネルギーが逃げ出すのだ）。したがって、あらゆるところでシミュレーションのハイパーリアリズムは、実在そのものと類似した幻覚で表現される。

権力もまた長い間、自己と類似した記号しか生産してこなかった。そして突然権力の別な姿が表われる。それは権力の記号を集団として要求する姿だ――権力の消滅のまわりに聖なる連帯が再びつくられるのだ。政治の瓦解を恐れ、程度の差こそあれ、皆こぞってそれに参加する。そして権力の操作は、権力危機の強迫観念に至るしかない――権力の死に対する強迫観念につきまとわれ、その生きながらえる不安におびえ、そして権力は徐々に消え去る。権力が完全に消えてしまえば、われわれは論理的には、権力の幻覚のまっただ中にいることになるだろう。すでにいたる所でその横顔をのぞかせている強迫観念は、権力が滅びてしまう不安と、その喪失に対する危機的ノスタルジーを同時に示している（だれもが、もうたくさんだと思いつつ、皆だれかの後に続くのだ）。権力なき社会のメランコリー、このメランコリーこそ、かってファシズムを出現させた、ある社会に強力な照合系が過剰にあることが原因で、その社会は喪の作業の終着点に到達しないのだ。

政治領域の衰えと共に、大統領は原始社会の長であるあの権力のマネキンと次第に似てくる（クラストル Clastres)。

ケネディ以降の大統領は皆、ケネディ暗殺を償い、償いつづける、まるで彼らがケネディを消してしまったかのごとく――実際そんなことはなかったとしても、幻覚だとすれば、それは本当だ。彼らは自らの模擬暗殺で、この欠陥とこの共犯を贖わねばならぬ。なぜなら彼らの暗殺は、模擬でしかあり得ないのだから。ジョンソン、フォード大統領の場合は、いつでも失敗だった。だから本当にそうであったのか、そうでないとしても演出だったのか、少なくともシミュレーションによる罪を犯したのかどうか、考えてみることもできよう。ケネディ兄弟は何かを具現したからこそ死んだ。つまりそれは政治、政治的実体を具現した。ところが新しい大統領達は操り人形のカリカチュアか、操られたフィルムでしかない――不思議なことにジョンソンも、ニクソンも、フォードも皆、猿真似顔で、権力の記号だ。

死は決して絶対的な基準ではない、だがこの事件の死は深い意味を持つ。ジェームス・ディーン、マリリン・モンロー、そしてケネディ兄弟の時代、これら本当に死んだ人物には、確かに死を巻き込む神話的要素があった（ロマンティズムからではない、逆転と交換という根本的原則に基づいて）――こんな時代は過ぎ去った。これからはシミュレーションによる殺人、シミュレーションによって一般化された美学、アリバイ殺人といった時代になるだろう――それは死の寓話的な復活であり、その死は権力制度を制裁するためにしか存在せず、そしてそれなくして権力には自律的実体も現実もない。

このような大統領暗殺の演出は暴露的だ。なぜならこれらは西欧のあらゆる否定性のあり方をあきらかに見せているからだ。例えば政治的対立、《左翼》、批判的ディスクール、など――権力はそれらシミュラークルを浮かび上がらせる道具を使って自己の不在、根本的な無責任さ、その《浮遊》などの堂々めぐりを打開しようとしている。権力は、金融や言語や理論のように浮遊する。批判と否定性のみが、いまだに権力の現実的亡霊をにじみ出させている。たとえそれらの批判と否定性が何らかの理由で使いものにならなくなっても、権力にはそれらをむりやりにでも蘇らせ、幻覚をいだかせるしか取るべき道はない。

だからスペインでの死刑執行は西欧の自由な民主主義と、瀕死の民主的価値のシステムをいまだに刺激し得るのだ。鮮血は一体いつまで続くというのか。あらゆる権力は止めどもなく色あせ続けるしかない。それは《革命的な力》がこのプロセスを促進させるわけではなく(その逆であることもしばしばだ)、システム自体が自己の構造に向けて、あらゆる実体と究極的目標をぶち壊す荒々しい力を行使する。システムに立ち向かったり、破壊しようとしてこのプロセスに対抗すべきではない。なぜなら権力は自らの死に見放され今にも潰れんとし、われわれの抵抗しか当てにしていないからだ。つまりわれわれが死を権力に返すか、または権力を否定的に蘇らせるかだ。革命的実践の終り、弁証法の終焉。――不思議にも、ニクソンは偶発的な精神異常者にさえ死に値するにふさわしいと思われたことさえなかった(そして大統領が精神異常者に暗殺されようと、多分それは本当だろうが、歴史には何の変化もない。左翼が暗殺に右翼の企みを見破ろうとするあくなき欲望は、誤った問題を提起する――権力に死をもたらしたり、予言したりする機能は、原始社会以来、精神錯乱者や狂者、あるいはノイローゼ患者の手にまかされていた。彼らは大統領の機能と等しい基本的な社会機能の持主でもあった)。にもかかわらず、ニクソンはウォーターゲート事件で儀礼的に死んだ。ウォーターゲート事件、これもまた権力の儀礼的な殺人の仕掛けだ（アメリカにおける大統領職の組織は、ヨーロッパの同じ役職とは比較にならぬほど面白い。つまりこの組織は周囲をあらゆる暴力と、有為転変、原始的権力と野蛮な儀式で固めている）。だが弾劾とはもはや殺人ではない。つまりそれは憲法の手に依るものだ。とはいうものの、ニクソンはどんな権力も夢みる極点に達した、つまりその極点は真剣に受けとめられ、そのグループに必要な致命的な危険をつくり上げた。むろん後日解任され告発されるためにだが。フォードは、そんなチャンスにさえ恵まれなかった、すでに死んだ権力のシミュラークルだった。彼は自分に対抗するものとして、殺人による逆転の記号しか蓄積することができなかった――彼は力不足であったがゆえに保護され、それが彼を苛立たせた。

国王の公式的、犠牲的死を予言する原始的儀式とは逆に（自己犠牲なしの国王や領主は何の意味もない）、近代政治の空想は、国家の主席者の死を、できる限り長期間遅らせるか隠そうとする方向にある。この種の強迫概念は、革命とカリスマ的指導者の時代以後に生まれた。例えばヒットラー、フランコ、毛沢東。彼らは《正当なる》後継者、権力派閥の不在ゆえ、彼ら自身、無限に生きのびねばならぬかのごとく見える――ポピュラーな神話は決して彼らの死を信じたがらない。ファラオもすでにそうだった。いつでもひとりの、同じ人物が他のファラオを継続して演じてきた。

あらゆることがらが、まるで毛沢東やフランコがすでに何度も死に、彼らのそっくりさんにとって替えられたかのごとく過ぎ去る。政治的見地に立てば、国家の主席が同一人物でも別人でも何事も変わりはしない、ただその人物同士が似てさえいればいい。どちらにせよ、ずっと以前から国家の主席とは――それがどんな人物であろうと——自己のシミュラークルでしかなく、その事実のみが彼に統治する権力と資格を与えるのだ。だれひとりとして一人の実在する人物に承認も崇拝も捧げないだろう。当人は、いつでも死せる存在だから、忠誠は彼の複製に捧げられる。この神話こそ、国王の犠牲的な死を要求する執拗さと失望とを同時に物語るものだ。

われわれは常にこんな立場にある。つまりわれわれのどんな社会も、衰えつつある実在や権力、社会体（ル・ソシアル）そのものの喪の作業に立ち向かうすべを知らない。それらを人為的に再燃焼して、われわれはそれからまぬがれようとしている。おそらく社会主義を当てはめれば、けりはつくだろう。思いがけぬねじれ、歴史的なアイロニーでさえないアイロニーで、社会体の死が社会主義を浮かび上がらせるであろう。ちょうど神の死が宗教を浮上させたように。それは屈折した到来、背徳的事件、理性の論理に対する明確な逆転といえよう。要するに、権力は権力の不在を隠すためにしか存在しない、という事実のように。《真》の権力がひとつの構造であり、戦略であり、力関係であり、賭け金であり、あるいはかつてそうであったのに比べ、この権力は社会的要求の対象でしかない。だから需要と供給の法則の対象だ。従って無限に続くかもしれぬシミュレーションは、もはや暴力と死に向う主体ですらない。政治の次元から全く削除され、取るに足らぬ他の商品と同じように、権力は大量生産と大量消費の領域に属する。あらゆる火花は消え、ただ政治世界のフィクションのみが無傷だ。

労働についても同じことだ。生産の火花も、生産に賭けられるものの暴力も、もはやない。人々はますます生産に励む、だが巧妙にも労働は別の事柄になった。つまりひとつの欲求に（マルクスが理想的に予測した通りに、だがそれとは全く別の意味で）、それは余暇のような社会的《要求》の対象であり、日常生活の忙しさと同等なものになった。その要求は労働の訴訟で失われる賭け金とまさしく比例する。[6] 権力と同じ結末を迎えたわけだ。それというのも、労働のシナリオは、労働の実在と、生産の実在が消滅したことを隠すためにある。ストライキの実在もまた全く同じで、それは労働の停止でさえなく、年中行事の儀礼的リズムが交替する地点になった。すべては次のように経過する。ストライキ宣言の後、各々が職場を《占拠》し、まるで《自主管理》の職場でそれがぜひとも必要であるかのごとく、恒久的ストライキの状態を宣言しつつ（そして潜在的にそうありながら）以前と全く同じ関係の生産に再び従事するのだ。

　これは空想科学小説の夢ではない。どこにでも労働訴訟の裏方があるのが問題だ。そしてまたストライキ訴訟の裏方も――物には廃棄が組み込まれているように、生産には批判がつきもののように、ストライキは組み込まれている。だからもはやストライキも労働もなく、両者は同時に存在するのであり、全く別のことだ。つまり労働の魔術、だまし絵、生産ドラマの筋書き（メロドラマ、とは言い難いので）、社会という空白な舞台の集団ドラマトゥルギーだ。

　労働のイデオロギーは、もはや問題ではなく――伝統的倫理感が、労働の《実在》的訴訟と、搾取の《客観的》プロセスを隠してきた――問題とすべきは労働のシナリオだ。同様に権力のイデオロギーが問題ではなく、権力のシナリオが問題なのだ。イデオロギーは、記号によって現実をかすめ取ることにしか対応せず、シミュレーションは、記号によって、現実の短絡とその複製に対応する。客観的なプロセスを復元するのは、いつでもイデオロギー的分析の目標だ。シミュラークルの下で真実を復元しようと試みるのは、いつでも誤った問題だ。

だからこそ権力は、イデオロギー的ディスクールと、イデオロギーについてのディスクールに心底賛成なのだ。というのはそれらが真実のディスクールだからだ——ことにそれらが革命的ディスクールであればあるほど、シミュレーションの致命的反逆に対立するには、まさに適役だからだ。

監視所の終り

一九七一年、ラウド（Loud）一家で試みられた、アメリカの「テレビ＝真実《ベリテ》」その番組の経験は、例の生きられ、あばかれ、もともと平凡で、根本的に本物らしい実在のイデオロギーを拠りどころにしている。それは、七カ月間絶え間なく、三〇〇時間の密着撮影、スクリプトもシナリオもなく、ある家族の不思議な物語、そのドラマ、その喜び、その結末、ノンストップで——要するに《生《なま》》の歴史的ドキュメント、そして《日常的スケールで、月面着陸映画にも匹敵すべき、最も見事なテレビの勝利》だ。この家族は撮影中に離散し、物事は複雑になる。つまり一家に危機が起こり、ラウド夫婦は別れた。この解決不能な議論はどこに原因があるのか。テレビそのものの責任？　仮にテレビがそこに居つづけなかったらどうなっただろうか。

もっと興味深いのはラウド一家をまるでテレビが存在しなかったかのごとく撮影した、という幻覚だ。ディレクターは《彼らはまるでわれわれがそこにいなかったかのごとく生きた》とその勝利を宣言した。

ばかばかしく逆説的発言だ――それは本当でも嘘でもなく、ユートピア的だ。つまり《まるでわれわれがいなかったかのように》とは《まるであなた方がそこにいたかのように》と同じだ。水入らずの生活を侵す、という《よこしま》な喜びより、このユートピア、この逆説が二〇〇〇万の視聴者を魅了したのだ。《真実》の体験が含んでいる邪悪さや秘密に問題があるのではなく、ある種の実在の、あるいはハイパーリアルの戦慄、目まいさえ感ずるほどの偽りの正確さに対する戦慄、縮尺度の歪みと過度な透明性の異化効果と拡大効果が同時に起ることへの戦慄が問題だ。記号の斜線が見なれた意味の浮遊線以下になれば、意味過剰になる。つまり、撮影によって無意味《アンシニフィアン》さは強調されるのだ。遠近のある空間や、奥行きを見きわめる距離もないところに、(だが《自然よりも本物らしく》)実在が決して存在しなかったことをそこに見い出す(だが《まるであなたがそこにいたかのように》)。顕微鏡的シミュレーションの喜びが、実在をハイパーリアルの中に導く(ポルノもまた少々これに似て、魅惑は性的であるよりも形而上学的なのだ)。

この家族が選ばれたこと自体がハイパーリアルだったのだ。つまりアメリカの家族の理想的典型、カリフォルニアに住み、ガレージが三つ、五人の子供、社会的職業的地位に恵まれ、美人の主婦と中流の上クラスの生活水準。このような、ある種の統計的完璧さが、家族を破滅にむかわせた。アメリカ的生活様式の理想的ヒロイン、その家族は、まさしく古代の供犠のように、刺激され、メディアと近代的宿命の炎の下に死すべく選ばれた。なぜなら天空の炎はもはや堕落した都市に落ちることはないからだ。その代わりにカメラのレンズがレーザー光線のように、生きられた現実を分断し現実を死に追いやる。《ラウド一家は、単にテレビに身をまかせ、そのために死ぬのさ》とディレクターは言うだろう。だからこそ、二〇〇〇万人のアメリカ人に贈られたのは、供犠のプロセスであり、供犠のスペクタクルなのだ。それは大衆社会の礼拝ドラマだ。

テレビ＝真実。あいまいさにおいてはまさに愛すべき用語だ。とはいうもののそれはあの家族の真実なのか、それともテレビの真実が問題なのか。事実は、テレビがラウド一家の真実であり、テレビこそ本物であり、本物を演じるのはテレビだ。真実とは、もはや鏡がうつし出す真実でも、監視と観察システムが透視する真実でさえない。それは調査と尋問のテストの、探り切り取るレーザー光線の、孔のあいた諸君のシークェンスを備えたマトリックスの、諸君の組み合わせを命令する発生コードの、諸君の感覚世界に情報を提供する細胞、それらが操作する真実なのだ。こんな真実にラウド一家はテレビの手で屈服させられた。そしてこのような意味で死に追いやることが問題なのだ(それでもなお、真実が問題なのだろうか？)。

監視システムの終り。テレビの眼がもはや絶対的な観察の源でも、コントロールの理想がもはや透明性にあるのでもない。この理想的な透明性には、またしても客観的な空間（ルネッサンス時代の空間）と、専制的観察の絶対権力を必要とするにちがいない。閉ざされたシステムではないとしても、それはとにかく格子状のシステムだ。より巧妙ではあるが常に外側にあり、視ることと視られることとの対立を操ることになる。たとえ監視の焦点が合っていなかろうと。

ラウド一家に関連して別のできごともある。《もうテレビを見るのをやめよう、テレビがあなたを見ているのです》、あるいはもうひとつ〔ラジオ番組〕《パ・ド・パニックを聞くのをやめよう、パ・ド・パニックがあなたを聞いています》——といえば、それは見張り（見張り罰する）の監視装置が抑止のシステムに向かう曲り角であり、そこでは受動と能動の明確な区分が消される。モデルや観察に強制的に服従することもない。《諸君がモデルです！》《諸君こそ多数派だ！》以上のようなことがハイパーリアリストの社会性という斜面だ。そこでは統計操作のように実在とモデルを取り違え、あるいはラウド一家の操作のように実在とメディアを取り違える。このことがその後の社会関係の段階だ。つまりわれわれのいる段階とは、もはや説得の段階（古典的プロパガンダやイデオロギーや、広告などの時代）ではなく、抑止の段階だ。つまり《あなたがインフォメーションです、あなたが社会体《ル・ソシアル》です、あなたこそ事件です、あなたに関係あります、あなたが発言者です、など》。こんな逆転を経て、モデルの、権力の、観察の、メディア自体の、判定機関の位置を定めることが不可能になる。なぜなら、あなたは、いつでもすでに、別の側にいるからだ。主体も焦点も、中心も周辺もない、つまり純粋な円環的屈折あるいは反屈折だ。暴力も見張りもない、つまりそこには《情報》、隠れた邪悪さ、連鎖反応、ゆるやかな内破、そしていまだに実在の効果を演ずる空間のシミュラークルだけがあるのだ。

　われわれは透視と監視の終りにいあわせている（いまだ、権力の《客観的》本質にかかわる、古典的なあらゆる分析と関連する道徳的仮説に）。だから、見世物的なことの終りにもいあわせているのだ。例えばラウド一家の場合、テレビはもはや見世物的なメディアではない。われわれは、状況主義者が語ったような、見世物社会にいるのでも、疎外と疎外が引き起こした特殊な抑圧の中にいるのでもない。メディア自体、メディアとしてもはやとらえどころのないものであり、メディアとメッセージ（マクルーハン）[7]の混同は、この新時代の最も重要な表現だ。メディアという文字通りの意味は存在しない。つまりメディアは今後、とらえどころなく実在の中に拡散し、回折された。そしてメディアそのものが変質したのかどうかでさえ確かではない。

このような干渉、こんなヴィールスのような、慢性的で噂にも似た、恐るべきメディアの存在は、そこから結果を分離することもできない——まさに虚空に放たれるレーザー光線の広告彫刻そのままに、メディアによって濾過された事件はスペクトルと化す——テレビは生活の中で解体し、生活はテレビの中で解体する——見分けのつかぬ化学溶解。つまり、われわれは皆ラウド一家に捧げられた人間だ。だがそれはメディアとモデルの侵略や抑圧、暴力や脅喝に捧げられたのではなく、メディアとモデルの誘導と浸透、解読不可能な暴力に捧げられた人間だ。だがディスクールが提起する否定的な傾向にも用心しなければならない。つまり病気やヴィールス性感染が問題ではない。メディアとは、もともと外側の軌道にあり、実在からハイパーリアルに移転させようと制御するある種の遺伝子的コードであったのだ、と考えるべきだ。ちょうどあらゆるコード、マイクロ分子のコードが、意味の典型的な領域からプログラムされた信号の遺伝子的領域に移行するのを制御するようなものだ。

因果律の伝統的なあり方こそ疑問だ。透視的で、決定的で、《能動的》かつ批判的で、分析的なあり方——原因と結果、能動と受動、主体と客体、目的と手段などの区分が。この論理に従えば次のように言うことができるだろう。テレビがわれわれをながめ、テレビがわれわれを疎外し、テレビがわれわれを操作し、テレビがわれわれを調査する……これらの考え方すべてはメディアの分析的概念にとらわれたままだ。つまり、外側にいて能動的で効率を重んじるエージェントの概念に、実在と意味が地平線上に焦点を結ぶ、透視的な情報概念に。

だからテレビをDNA論に準じてひとつの結果として理解すべきだ。そこでは原因と結果、主体と客体の間にごくわずかな隔りを常に保っていた極の、古い位置関係にある核が破棄され、ひずみが生じ、安定した敵対関係にある極が消えうせる。つまりその隔りとは、まさに意味の隔りであり、偏差、差異、必要最少偏差値だ。それは危険で不安定なプロセス中で今にも消えそうで、還元不可能なものだ。だからディスクールはそれを説明することさえできない。なぜなら、ディスクール自体安定した秩序だからだ。

遺伝子コードの進行と共に消えゆくのは、この隔りだ。その時不安定な要素とは、分子の偶然性に拠るというより、むしろ関係が単純に消えうせてしまうことにある。分子がDNA核から《物質》に対して《情報を伝達》に《行く》命令のプロセスには、もはや、結果やエネルギー、決定やメッセージにかかわって、ゆっくりとある道すじをたどることはない。《順序、信号、インパルス、メッセージ》、これらすべてがわれわれに事柄を明瞭に示そうとしているようだ。だが、われわれが何も知らない次元を、インスクリプション、ベクトル、暗号解読といった用語に転写したアナロジーで——それは、ある《次元》でさえなく、多分それこそ四次元だろう（つまり、アインシュタインが定義した相対性理論、空間と時間という明瞭なる極が融合する）。事実、このプロセスは否定的な形でしか理解されない。つまり、ある極と他の極を、初まりと終りを分つものは何もなく、むかしからあった二つの極が互いに折り重なり、気まぐれに激突し、互いに瓦解し合う。つまり内破（implosion）だ——因果律が放射するあり方、決定論の差異的なあり方、それを電気の正と負で吸収すること——意味の内破。だから、ここにシミュレーションが始まる。

政治学、生物学、心理学、メディア論など二つの極を明確に維持できない分野はどこでも、シミュレーションの中に、したがって完璧な操作の中に入る――だがこれが受動的だというわけではなく、能動と受動が不明瞭なのだ。DNAはこんな危険な減数分裂を生きた物質のレベルで現実に行なっている。ラウド一家の場合、テレビもまたこの不明瞭な限界に達する。そこでは生きた物質が分子のコードに対して能動的でも受動的でもないように、ラウド一家がテレビに対し能動的か受動的かといえば、そのどちらでもない。あちこちに、テレビの単純な要素の中に、テレビの真実の中に解読不可能で星雲のようなコードだけが存在するのだ。

軌道と核

シミュレーションを神の列に加えるもの、それは核だ。ところがその恐怖の均衡は抑止のシステムの派手な一斜面でしかなく、それは内部から生活のあらゆるすきまに浸透した。核のサスペンスは、メディアの中心にある抑止、世界中に行き渡った一貫性のない暴力、われわれに呈示されたどのようにでも選べる危険な装置など、取るに足らなくなったシステムを封じ込めるだけだ。われわれの些細な行為でさえ中和され、分別がつかず、等価になった記号で制御され、《ゲームの理論》がゼロ和で制御されているように、ゼロ和の記号で制御されている(だが本当の方程式は別にある。そして、その未知数こそ、原子力兵器をハイパーリアルな形に、われわれのすべてを支配し《地上》の事件という事件をついにつかの間のシナリオでしかなくさせるシミュラークルにしてしまうシミュレーションの変数なのだ。われわれに残された生を生きながらえることに、賭け金なしの賭けに変換させながら――それは死に値する手形にさえ変換させない。つまり価値が事前に暴落している手形にさえも）。

われわれの生命を麻痺させるのは核による破壊という身近な脅威ではなく、抑止が生命を白血病にすることだ。そしてこの抑止は、実在する核の衝突でさえ問題外になったことに原因がある――ちょうど記号のシステムにおける実在の可能性と同じように、事前に問題外になった。人々は皆この脅威の現実を信じるふりをしている（軍隊を見てそのように推察するのだが、軍隊の演習と《戦略》のディスクールに賭ける情熱はゲームだ）。というのは、まさしくこのレベルでの戦略的賭けは存在せず、あらゆるシチュエーションの実体は破壊が起こらないであろう確率によっているのだ。

抑止は戦争を問題外にした――戦争は発展を企むシステムの古風な暴力だからだ。抑止、それは転移可能なシステム、あるいは退行するシステムの、中和された不発の暴力だ。どこにも、抑止の主体も、敵も、戦略もない――それは賭けられるものが消滅する惑星構造だ。核戦争はトロイの戦いのように、起こらないだろう。核拡散の危険は武器の精密化――この精密化は、やみくもにあらゆる目的にまでも及び、そのあげく精密化自体が無効の印になってしまう――を媒介として、世界的な安全と監禁と管理の機構を設置しようとする口実にしか役立たない。だから、その抑止効果はまるで核の衝突に照準を合わせず（これは、いまだかつて問題になったことはなかった。ただし、まだ核配備と古典的な戦術とを混同していた冷戦の初期を除いて）、実在するあらゆる事件や、一般的なシステムの中であらゆるセンセーションを巻き起こすことになるような、まさに確率の高い方に照準を当てている。そして、その一般的なシステムの均衡は破られるだろう。恐怖の均衡、それは均衡の恐怖だ。
抑止は戦略ではない。例えば通貨の投機という軌道地帯にある国際資本、その流動性が世界的な交換を見事に管理するのと全く同じように、抑止とは循環し、核の主役達の間で互いに交換しあうものだ。このように破壊の通貨（実在する破壊と照合するまでもなく、ましてや流動資本は実在する生産とは何の関係もない）は、核の軌道を循環するだけで地球上のあらゆる暴力と、潜在的紛争を見事に管理する。《客観的な》最大の危機という口実のもとで、そして核という、あのダモクレスの剣のおかげで、こんな仕掛けの背後で企まれているのは、いまだかつて見たこともない最高の、管理システムの完成だ。そしてこの安全のハイパーモデルによって、地球全体は累進的軌道衛星と化す。

同じことが平和的核センターについても言える。平和利用に市民と軍隊の区別はない。つまりそれがどこであろうとも、非可逆的な管理システムは拡がり、あらゆるところで安全性という概念は強固になり、どこにあっても安全性の規格が、過去の法律と暴力（戦争も含めて）の装備にとって代わる。拡がりゆくのは抑止のシステムであり、そのまわりに歴史の、社会の、そして政治の砂漠が拡がる。ひとつの巨大なる退行は、あらゆる紛争を、あらゆる究極目標を、あらゆる攻撃を、脅喝程度の大きさに縮め、それは、それらすべてを中断させ、中和し、凍結させるのだ。いかなる反抗も歴史も、自己の論理通りに展開することはもはやできない。なぜなら両者とも消滅する運命にあるからだ。どんな戦略も不可能だ。そして攻撃《エスカレーション》は軍隊に残された、たわいのないゲームにすぎない。政治的に賭けられるものは死んだ。紛争と、綿密に制限された賭けられるもののシミュラークルのみが残った。

《宇宙探険》は、まさしく核拡散《エスカレーション》と同じ役割を演じた。だからこそ宇宙探険は六〇年代（ケネディ／フルシチョフ）にあれほどたやすく核拡散を引き継ぐことができたし、《平和共存》なる方策が平行して進展したのだ。宇宙競争、月の征服、人工衛星打ち上げ、などの最後の役割とはどれほどのものであろうか。そうでないとしても、万有引力のモデルや人工衛星打ち上げのモデルが確立したのは月着陸船にとって完璧な萌芽だ。つまりそれはプログラムされた小宇宙であり、そこでは何ひとつとして偶然にまかされることはない。軌道、エネルギー、計算、生理学、心理学、環境——何ものも偶発にゆだねられない、それは規格がすべてを支配する宇宙だ——法律はそこに存在せず、ひとつひとつの部分を操作する内在性そのものが、法律なのだ。あらゆる意味の脅威から除かれた宇宙、無菌で、無重力な状態——この完璧さが魅惑なのだ。なぜなら、群衆の興奮は月面着陸とか、宇宙に浮かぶ一人の男の歩みに向けられたのではなく（これはそれ以前の実験の最後の夢であったにちがいない）、その仰天ぶりはプログラムの完璧さと技術的操作に向けられた。つまりプログラムされた一部始終の内在的な驚異に。最高の規格と確率の征服に魅了された。モデルの眩暈《めまい》、それは死の眩暈にもつながる、だが恐怖も衝動もない。なぜなら、たとえ法律が違反というアウラにつつまれ、秩序が暴力というアウラにつつまれ、そのうえよこしまな空想を取り込んできたとしても、規格、その規格こそ、あらゆる空想を固定し、魅了し、驚かせ、退行させる。もはやプログラムの綿密さにまどわされることはない。プログラムにとって唯一の戒律は、目もくらむばかりであることだ。つまり完璧な世界、という戒律だ。

だからこそ、高度な安全性と抑止にかかわる、同じ成功確実なプログラムのモデルが、今、拡がりゆく社会体を支配する。これこそ本物の核物質の降下、影響だ。つまり技術の綿密な操作が社会体の綿密な操作のモデルに使われる。ここでもまた、偶然にまかされるものは何もないだろう、数世紀前から始まった社会化とは、むろんこんなものだが、それ以来より加速された局面に、爆発（革命）するかも知れぬと思わせる限界に向かった。だが今のところその逆の、内破という非可逆的なプロセスに止まっている。つまりあらゆる偶然に、あらゆる偶発的事故に、あらゆる横断可能な事柄に、あらゆる究極目標に、あらゆる矛盾に、まんえんした抑止、規格が拡散した社会性が含む断絶と錯綜、それは情報のメカニズム特有の透明性に捧げられた。実のところ宇宙や核のモデル自体には究極目標がないのだ。ましてや月探険にも、軍事戦略的優位性にも。それらの真実とは、シミュレーションのモデルになることであり、惑星管理システムのベクトル・モデルとなることだ（したがって、このシナリオを描く主役大国でさえ自由ではない——あらゆる世界が人工衛星と化したのだから）。

それは明らかな事実に抵抗することだ。つまり衛星化の過程で、衛星化されたものは初めから予測していたものではなかった。宇宙物体が軌道を描くうちに、地球惑星が衛星と化した、これは地球の現実原則が偏芯し、ハイパーリアルに、そして無意味になったからだ。ちょうど平和共存と同様、管理システムを軌道にのせることであらゆる地上のマイクロ・システムこそが、衛星と化し、本来の自治を失ってしまった。ありとあらゆるエネルギーと事件は、この偏芯した重力に吸収され、すべては唯一の管理のマイクロ・モデル（軌道衛星）に向かって凝縮され、内破し、生物学的側面ではその逆に、あらゆるものが遺伝子コードの分子マイクロ・モデル上に集約され、内破する。この両者の間で、核と遺伝子という二枚のカードの中で、そして抑止の基本的な二つのコードが同時に浮上するところでは、あらゆる意味の原則が吸収され、どのような実在の誇示も不可能になる。

同時に起こった一九七五年七月の二つの事件は、このことをあざやかに映し出していた。アメリカとソビエトの超人工衛星のドッキング、平和共存の礼賛――中国人による漢字の簡略化とアルファベット用語への加担。

後者は、抽象的でモデル化された記号のシステムを《軌道化》しようと企むことを意味し、その軌道ではかつて独特なものであった書体と文字のあらゆる形が消え去るだろう。言語の衛星化、これこそ中国人が平和共存のシステムに仲間入りする流儀だ。二つの衛星の結合と時を同じくして、このことは彼らの天空に書き記された。二大強国の軌道飛行、そして地上ではその他もろもろの中立化と均一化。

だが、軌道上の――核のコードあるいは分子のコードでの――願望が引き起こすこの抑止にもかかわらず、地上における事件はひきもきらず、情報は隣接し時を同じくして世界中に拡がり、事件のエピソードは増加をたどる一方だ。だが巧妙にもそれらの事件の意味はどこにもなく、事件は頂上におけるシミュレーションの二重効果でしかない。この最も見事な例は、ベトナム戦争ではなかろうか。なぜならベトナム戦争は最大の歴史的、《革命的》な、賭けられるものと、あの抑止願望設置との交差点であったのだ。この戦いの意味は何だったのか。そして戦いの進展は、われわれの時代に起こった、これ以上のぼりつめようもなく、決定的な歴史的事件の物語の結末を固く閉ざすことではなかったろうか。

なぜこれほど厳しく、長く、おぞましい戦いが、ある日突然魔法のように消えてなくなったのか。

なぜこのようなアメリカの敗北（合衆国史上最大の不運）が、アメリカ内部で一片の反動にも出合わなかったのか。もしこの敗北が合衆国の地球戦略の敗北を真に意味していたとすれば、この敗北は必然的にアメリカ人の政治システムと内部の均衡を大きくゆり動かしたはずだ。だが何も起こらなかった。だから別の何かが起きた。この戦争は、実は平和共存の重大なエピソードにすぎなかった。戦いには中国の平和共存への降臨が印されただろう。長期にわたり達成され、具体化された中国の非介入、中国が教えた世界的和解の仕方（modus vivendi）、世界革命の戦略から力と主権の分配戦略への移行、システムの中のラジカルな二者択一から政治的交代への推移、それらが本質に関わることとして今後とも解決されたのだ（北京—ワシントン関係の正常化）。つまりベトナム戦争で賭けられたものとは、まさにこれだった。そしてこの意味では、アメリカ合衆国はベトナムから撤退した、だが戦争に勝ったのは彼らなのだ。

戦争はその目的が達せられた時《突然》終りを告げた。だからこそ戦いは自滅し、やすやすと瓦解した。このような権威の失墜もまた現場で解読できる。戦争は、健全な政治と権力の規律とは相容れない分子が排除されるまで続いた。これを担ったのはコミュニストだった。戦争がゲリラの手を離れ、やっと北の正規軍に主導権が渡されたとき、戦争は終ったのだろう。つまり、戦争の目的が達せられたのだ。したがってこの戦いで賭けられたものは政治的交替だった。ベトナム人が予測もつかぬ国家転覆の担い手ではなかったことを証明した時、彼らにバトンタッチをし得た。それがたとえコミュニストの組織であっても、実際上それほど重大事ではなかった。コミュニストは真価を発揮し、人々は、それを信頼したのだから。《野生的》で古風な前資本主義の構造を排除するには、その方が資本主義よりはるかに有効だからだ。

アルジェリアの戦争でも同じようなシナリオだ。

この戦争と、それ以降のあらゆる戦いの別の側面、それは、軍備の暴力、互いの敵を殺そうとするアンタゴニズムの背後で——生と死のために賭けられているように装われ、まさしくそのように賭けられ（そうでなければこんな類の物語に、決して命を賭けて人々を送り込めるはずはなかった）、死を賭けた戦いと、情け容赦もなく世界的に賭けられるものというシミュラークルの背後で、敵対する二者は、別のことで根本的に手を結んでいるのだ。それは名付けようも、語られることさえない。だが敵対する両者の暗黙の同意を得たその戦争の客観的成果は、あらゆることがらの排除だ。つまりそれは、部族構造、共同体、前資本主義、交換と言語と象徴的組織のあらゆる形態、これこそ廃絶すべきものだったのだ。これらの殺戮こそ、戦争の目的だった——そして死の、驚くばかりに巨大な装置の中で、戦争とは、社会体を恐怖と共に合理化する、そのプロセスの媒体でしかない——殺戮、そのうえに社会性は築かれ得るのであろう。その服従の相手がコミュニストであろうと、資本主義者であろうと、たいした問題ではない。完全な共謀、あるいは、敵対する両者の作業分担（そのためにもなお、彼らは莫大な犠牲を払うことに同意するだろう）は、社会関係の磨き直しと飼いならし、という同じ目的に向かうのだ。

《北ベトナム人は、駐留アメリカ軍排除のシナリオに応じる助言を受けた、むろん顔をつぶさないために。》

そのシナリオ、それはハノイに対する熾烈な爆撃だ。この爆撃の特徴は、それがシミュラークルにすぎないことを隠すべきではない。ベトナム側が、調停に応じるかに見せ、そしてニクソンに対してアメリカ人にその軍隊の撤収を承諾させるために。すべては前もって用意されていたのであり、最後のもっともらしい調整だけを残して、なにひとつ賭けられたものはない。

戦争のモラリストや、ゲリラ戦士の高い勇気を支持する者があまりなげくこともあるまい。戦争がたとえシミュラークルにすぎないとしても、それがおぞましくないことはないのだから、人々はいまだそこで肉体的にあえぎ続けている。死者と旧軍人はその点で他の者と優劣がつけ難いのだ。このような目的は、いつでも確実に果たされた。同様に領土の線引きも、規律ある社会性も。消え去ったものは、敵対する者の敵対関係であり、相反する理由の現実性であり、戦争に対する真剣なイデオロギーだ。同様に勝利あるいは敗北の現実感も消えた。なぜなら戦争が、その外観の、はるか彼方で勝利をうたうプロセスである以上。

どちらにせよ、われわれを支配している和平（あるいは抑止）とは戦争や平和の彼岸にあり、それは絶えず平和と戦争と等価だ。《戦争、それは平和だ》、とオーウェル(Orwell)は言った。ここでもまた差異の両極は互いに内破し、あるいは互いに循環する——矛盾する事柄の同時性は、あらゆる弁証法のパロディーであると同時にその終りを示す。このようにして、戦争の真実の核心から全くはずれることも可能だ。すなわち、戦争は目的達成のずっと前に、すでに終っていた。戦争は戦争のまっただ中で終らせられた。そして戦争は初めから始まっていなかったのかも知れない。他の多くの事件でさえ（石油危機、など）決して始まらなかった、存在さえしなかった、さもなくば人工的なエピソードだったのだ——夢想、歴史の代用品と人工物、催眠下で歴史的投資を維持しようとする危機とカタストロフの代用品。あらゆるメディアと公的情報のシナリオは、事件が重要だという幻想や、賭けられるものの現実性、そして事実の客観性を維持するためにだけ存在する。すべての事件は裏側から読むべきだ。あるいは（イタリアのコミュニスト《政権》、死後の再発見、復古、瀕死の民族学が未開人から消えてしまった《差異》をほぼ現代的な意味で発見したようなソビエトの収容所と離教派）、こんな事柄すべては手遅れの歴史や遅れた螺旋のかたちをしてあまりにも遅れて登場し、その意味は事前に使いつくされ、記号を人工的に揺り動かさない限り生き返らず、矛盾もはなはだしい事柄の等価と事件の結末には全く無関心な中で、こんな事件が論理とは無関係に相次いで起こることに人々は気付く（だが事件から消えたのは結末だ、派手な宣伝の渦中で事件は消耗しつくしたのだ）――《ニュース》フィルムのすべても、このようにして、キッチュで、懐古的で、ポルノのような印象を同時に残す――こんなことはまちがいなくだれもが承知しつつ、だれ一人として認めようとはしない。シミュレーションの現実は耐えがたいのだ――アルトー（Artaud）の劇『残酷劇』よりも残酷だ。それはまだ生のドラマトゥルギーに対する試みだった。血痕も残さずあらゆる賭けられたものを回収しようとする、すでに優位にあったシステムの中で、肉体と血と暴力の観念的な最後の飛翔であった。われわれの出番は終った。あらゆるドラマトゥルギー、そして残酷さを現実的に記述することさえなくなった。シミュレーションこそ主役だ。われわれには今やなき照合系の復古、パロディー的で亡霊のような復権に向かうことしかないのだ。抑止という冷やかな光線の下で、あらゆることが、なおわれわれの周辺で起こっている（アルトーもまた、残された諸々のことと同じように、自己を復興させ、残酷さの照合物となって再度登場する権利がある）。

だからこそ核の増殖は原子力の衝突や事故のような危険を増幅するものではない――ただし、幕間に《若き》権力が非抑止的で、《現実的》な核の利用を試みるかも知れない（ちょうどアメリカ人が広島に対して行なったように――だがまさしくアメリカ人のみが爆弾の《使用価値》を請求する権利を得たのであり、原子爆弾に近づこうとするものは、すべて、これから先ずっと、爆弾を所有していること自体が、その使用を抑止するだろう）。核クラブ加入、まことに麗しき命名、（労働者が組合に加入するのと同じように）それは過激な行動に走ろうとする気力を急速に失わせる。責任、管理、検閲、自己抑止、などはいつでも配置すべき軍備や軍事力より急速に増大するもので、これこそ社会治安の秘密だ。このように、レバーを押し下げながら国中を麻痺させようとする可能性そのものが、電気技術者にこの武器を決して使わせなくさせる。これこそ、手段が与えられたとたんに、消えてしまうゼネストや革命の神話のすべてだ――というのは、残念ながら、まさに手段は与えられたものだからだ。これこそが抑止の全過程だ。

核大国が原子力発電所や核兵器、原子爆弾を、どのような気候の土地にも輸出する日がやがてくるだろう。強迫による管理の次に、爆弾やその所有による和平というもっと効率の良い戦略が続いて起こるだろう。《小》大国は、自主的に使える攻撃力と信じつつ購入する。ところが抑止のヴィールス、自己抑止のヴィールスを買い入れることになるだろう。われわれが《小》大国にすでに影響を与えつつある原子力発電所についても同じことだ。中性子爆弾の数だけ、歴史的有毒性とあらゆる爆発の危険性を骨抜きにしている。こんな意味で、核はどこにでも、内破を加速するプロセスの糸口を開き、核のまわりにあらゆる事柄を凍結し、核は全ての生き生きとしたエネルギーを吸収する。

核は利用可能なエネルギーの頂点であると同時に、あらゆるエネルギーを管理するシステムの極限でもある。統制と管理は、解放を促す潜在的性質と同じ速さで（もっと速いであろうことも確かだ）拡がる。現代の革命が遭遇した難関は、まさにそれだった。それは核の絶対的パラドックスにも通じる。核エネルギーは自己の炉心に凝結し、エネルギーがエネルギーを抑止する。どんな計画が、どのような権力が、どれほどの戦略が、どんな主体が、この囲いの裏側に、このシステムの巨大な飽和の裏側に隠されているのか皆目見当もつかない。そのシステムは自己の力ゆえ、永遠に中性となり、使用不可能で、不明瞭で、不発に終るだろう——さもなくば、内側に向かう爆発か、カタストロフに向かう過程であらゆるエネルギーが消滅する内破(implosion)の可能性しかない（文字通り、つまり、あらゆるサイクルが、最小の点に向かって逆流し、最小の入口にエネルギーが逆もどりするという意味で）。

2章　歴史——復古のシナリオ

暴力的で、アクチュアルで歴史に残る時代(両大戦間と冷戦の間、とでも言おうか)には、神話が空想《イマジネール》をそそう内容となって映画のいたる所にはんらんする。それは専制君主と伝説が大々的によみがえる黄金時代だ。歴史の暴力性が現実の中から追放した神話、それが映画の中につかの間の安住の地を見い出す。ところが今日、同じ経過をたどり、映画のあちこちにしのび込むのは歴史そのものだ——世界的なレベルの平和共存とか、日常的なレベルでの平穏という名前の巨大な中立化が、われわれの生活から歴史的な賭けられるものを追い出した——ゆるやかに、あるいは急速に凍結してしまった社会が悪魔祓いしたこの歴史は、力の限りスクリーン上で自己の復活を祝うのだ。その昔、失われた神話をスクリーン上で蘇らせたのと全く同じプロセスをたどって。

歴史とはわれわれが失ってしまった照合系、つまりわれわれの神話だ。だから歴史はスクリーンの上で神話と交代する。《映画で歴史を認識し》て喜ぶのは幻想ではなかろうか、ちょうど《大学に政治を登場させ》て喜んだように。それはまさに同じ類の誤解であり、欺瞞だ。大学に登場する政治とは、歴史から逸脱した政治だ。しかもそれは実体が抜け落ち、表面的な試みが正当化される政治の復古であり、ゲームの領域、そして冒険の場だ。このような政治は性欲とか終身教育（あるいは昔の社会保険）に似ている。なぜならそれは、死後に獲得する自由のようなものだからだ。

そんな時代の重大事件、深い精神的外傷《トラウマ》、それは強力な照合系のあの臨終の苦しみであり、実在と合理性の死の苦しみだ、それがシミュレーション時代の幕開けを告げる。幾世代も、特にわれわれに最も近い世代は、幸せに満ち、あるいは悲憤感にひたりながら革命をめざして、歴史の足跡と共に生きた。にもかかわらず今日、なぜか歴史は後退し、その背後に無感動な混沌とした状態を残したようだ。もしかしたらあふれ出たのかも知れぬが(?) だがそこには照合物はカラだ。この空白に、過ぎ去りし歴史の幻影や事件や、イデオロギー、そして復古調がセットになって逆流する――だからといって人々はそれらをとりたてて信じたり、再びそこに望みを託しているわけでもない。せめて歴史が存在し、少なくとも暴力(それはファシストだった)があり、そしてそこには少なくとも生死にかかわる賭けられるものが存在していた、そんな時代を単純に蘇らせたいだけだ。歴史の空白や、病み衰えた歴史と政治、損われた価値から逃れるためには、なんでもいい――こんな苦境にあればどんな中身であろうと脈絡もなく思い起こし、あらゆる過ぎ去った歴史も雑然と復活する――どれかをひとつだけ選択しようとするアイディアもない、ただ、ノスタルジーだけが果てしなく蓄積される。つまり戦争、ファシズム、革命的闘争が存在した良き時代の華やかさなど、過去と同じ陰気で不吉な興奮や復古的幻惑の中で、どれもが等価に、みさかいなく混じり合う。とはいうものの身近に経験した時代が優先される(ファシズム、戦争、戦争直後――その時代を描く数限りないフィルムには、われわれにとってより身近で、よこしまで、より濃密で、なによりもいかがわしい香りがする)。これはフロイド派のフェティシズムの理論(この仮説もまた復古なのかも知れぬが)を思い起こしつつ説明し得る。（照合系の喪失という）このトラウマは、子供が性に差のあることを発見することと似ている、それほど重大で、根深く、非可逆的だ。ある対象のフェティッシュ化とは、この耐えがたい発見を隠そうとするために起こる。フロイドが指摘するように、フェティッシュの対象は何でもいいわけではない、それはトラウマを受ける直前にちらりと目に止まった対象であることが多い。このようにしてフェティッシュと化した歴史は、まずわれわれが生きている《非照合系》時代直前の歴史であろう。だから復古の中にファシズムと戦争のプレグナンスが表われる——これは政治とは何の関係もない偶然にすぎない。したがってファシストの記憶をよび起こすからといって、ファシズムの現代的再来だと決めつけるのはあまりにも軽率だ（なぜならわれわれは、もはやそんな時代に居合わせてはいない。われわれはとりたてておもしろくもない別の事柄の中にいる。だからこそファシズムは、濾過された残酷さや復古に美化され、より魅惑的になるのだ[1]）。

　このようにして歴史は死後、意気揚々と映画にデビューした（《歴史的》と呼ばれる表現も同じ運命をたどった。例えば《歴史的》瞬間、記念碑、会議、《歴史的》光景などは、時代遅れなものを示すだけだ）。歴史を再び投入したからといって現実を認識したわけではなく、失った照合系に対するノスタルジーを意味するにすぎない。だからといって歴史が復活ではなく、強き時代や、アクチュアルなプロセスのように、あるいは反乱のように映画に表現されなかったわけでは決してない。映画と同じように《実在》の中には、かつて歴史が存在した、だがもうそれはなくなってしまったのだ。現在われわれに《返された》歴史は（まさしく歴史はわれわれの手から取り去られたのだから）《歴史的実在》とは無縁だ、それは新《ネオ・》＝表現《フィギュラシオン》が実在を古典的に表現した絵画と無縁であるのと同じだ。新＝表現とは、似ようとする祈りだ、と同時に、その絵画的表現からは対象がすっかり消えてしまったことも確かなことだ。つまりそれはハイパーリアル。対象はそこでハイパー類似のように光り輝く（まるで歴史が今、映画で光り輝いているように）。ところが実は、それらの対象はまるで何にも似ていないのだ。さもなくば類似というからっぽな外形に似ているか、再現というからっぽな形態に似ている。それは死活問題だ。なぜなら、その対象は生きてもいなければ死んでもいない。だからこそ、それらの対象は極端に正確で、綿密で、型にはまっている、実在の急激な破壊をそんな形に捉えたのだろう。

このような歴史映画のすべて、例えば『チャイナタウン』『コンドル』『バリーリンドン』『一九〇〇年』『大統領の陰謀』などに限らず、歴史映画の完成度そのものが気がかりだ。本物の映画だった、というより（マクルーハン的表現を借りればモザイクと言えよう）組み合わせ文化により近い見事なモンタージュや、壮大な写真、撮影機材や、史的総集編といった側面に水ももらさぬ注意を注がねばならないような気分にかられる。決して映画の質に原因があるのではない。問題は、これらの映画が、なぜか、どこかでわれわれを冷やかにしてしまうことだ。『ラストショー』を観てみよう。私のように、この映画を五〇年代に製作されたものだと思い、ゆっくり、くつろいで見るべきだ。例えばアメリカの小都市の雰囲気をただよわせる良き風俗……など。だが、かすかに疑いがよぎる。というのは、映画があまりにも良くできすぎ、整いすぎ、当時の映画の心理、道徳、精神的な面では申し分なく他の映画よりすぐれている。ただ、映画が七〇年代に製作され、完全な復古であり、不適当な部分は削除され、清潔で繊細な五〇年代映画の、ハイパーリアルな復元だ、と気づく時、ただ驚くしかない。無声映画を複製しようという声もある。それらもまた当時の映画より優れているにちがいない。あらゆる年代の映画が登場する、そんな映画と、われわれがすでに観た映画との関係は、人間とアンドロイドとの関係のようなものにちがいない。つまり、すばらしい人工物、非の打ちどころもなく、想像性だけが欠如した天才的なシミュラークルだ、そしてこの幻覚が映画をつくる。

われわれが、いま観ている映画の（優れた映画の）大半は、もうすでにこんな次元にある。『バリー・リンドン』はその中でも特筆すべき例だ。これほどよくできた映画は、かつて存在しなかったし、これ以上の作品は生まれないだろう……だが、どんな状況の中で？　想像力の中ではない、まさに想像力の中というよりも、シミュレーションの中で。危険な放射線はすでにフィルターで濾過され、必要なあらゆる原料は厳密に調合され、なにひとつ誤りのないよう、手はずは整っているのだ。

それらはクールで、冷淡な喜び、もっと正確にいえば美的でさえない、つまり機能的な喜び、方程式のような喜び、陰謀を企む喜びだ。ヴィスコンティの作品（『山猫』や『夏の嵐』などはある面で『バリー・リンドン』を思わせるが）を脳裏に浮かべるだけで、その差がわかる。映画の様式のみならず、映画製作の場面でさえも。ヴィスコンティの作品には、過ぎ去りし時代の意味や物語が、官能的レトリックがあった。歴史的内容のみならず演出にも情熱あふれる遊びがあった。ところがキューブリックには、そんなものはみじんもない。彼は自分の映画をまるでチェス盤のように操り、歴史を軍事作戦のシナリオのように操る、といっても繊細な精神と幾何学的な精神などと、古くさい対立をよびさます必要はない。つまりこの対立は、またもや賭けと意味の賭け金によるのだ。それゆえわれわれは意味を全く失ってしまった映画時代、そして可変幾何学的、重機器的映画の時代に入る。

何だか、こんなことはレオーネ（Leone）の西部劇にあった？　多分ね。あらゆる特徴はこんな風に少しずつ横すべりする。例えば『チャイナタウン』、これはレーザー光線が描き直した極限だ。映画の完成度が問題だ、というわけではない。技術的な完成度とは、意味の一部であろうし、そうであるならこの完成度は復古でも、ハイパーリアルでもなく、技術の成果といえる。この『チャイナタウン』では、技術的完成度はモデルの成果にたよっている。つまりそれは照合物の戦略的な価値のひとつなのだ。意味の実在するシンタックス不在のまま、そこには全体の戦略的価値しかない。例えば『チャイナタウン』でのＣＩＡは、万能な神話的機械のように、ロバート・レッドフォードは多機能なスターのように、社会関係は歴史に欠かせぬ照合物のように、技術的妙技は映画に欠かせぬ照合物であるかのごとく、すべてがうまくかみ合っているのだ。

映画と映画の軌道は、幻想あるいは神話的なものから、リアリスティックに、そしてハイパーリアリスティックになる。

今、映画がもくろんでいるのは、ますます完成度に磨きをかけ、より一層実在に近づこうとすることだ。それも平凡で、忠実で、わかり切った事柄と退屈さに埋もれて、と同時に、うぬぼれて、瞬時に意味もなく実在であろうと主張する。これ以上ばかげた企みは他にない（同様に、デザイン——デザイナー——が機能主義であろうと主張すること、機能と使用価値をつき合わせて、最も高度な物を企むことも、全く突飛だ）。いまだかつていかなる文化も、記号上で、これほど素朴でパラノイア的な、そしてピューリタン的でテロリスト的なビジョンを持ったことはなかった。

テロリズムとは、常に実在のテロリズムだ。

実在と絶対的な一致を見ようとする企みと同時に、映画は自己ともまた絶対的に一致しつつある——これは矛盾ではない。なぜならこれこそハイパーリアルの定義だからだ。つまり置き換えと純理論性。映画は、ぬすみ取り、リコピーし、古典を復元し、映画本来の神話を過去にさかのぼって適用し、オリジナルな無声映画より完璧な無声映画を再現などする。これらの試みは論理的だ。なぜなら映画は失われた対象である自己に魅了されているのだから。ちょうど映画が（われわれもまた）失われつつある照合系である実在に魅了されているように。映画と空想（ロマネスクで、神話的で、非現実的で、そして気違いじみた映画技術の利用もまた）には、かつて弁証法的で充実し、波乱に満ち生き生きとした関係があった。ところがいま、映画と実在を結ぶ関係は逆に、ネガティブだ。そのような関係になったのは互いの特徴がなくなってしまったからだ。冷やかなコラージュ、クールなごちゃまぜ、冷たい二つのメディアの性別なき婚約、それは互いに接近する漸近線を描いて変化する。というのは、映画が実在の絶対性の中に消えゆこうとしているのに、その実在はすでに映画の（あるいはテレビの）ハイパーリアルに吸収されているからだ。

歴史は強力な神話だった、多分無意識と双璧をなす最後の神話だ。それは事件とその原因が《客観的》につながる可能性と、ディスクールが一貫して物語られる可能性とを同時に支えてきた。歴史の時代、という表現がゆるされるなら、それはロマンの時代ともいえよう。このような事件や物語の神秘的な特質や神話のエネルギーは、今まで以上に消えゆくかに見える。歴史的忠実性とその完全無比な再現にとりつかれた強迫観念（別の場では、リアルタイムの再現や食器を洗っているジェーン・ヒルマンのこまごまとした日常性の再現など）、こんな記録主義と、実証主義のうしろ側、このような過去あるいは現在のあのシーン、といった過去の物質化や、過去や現在の絶対的シミュラークルの復元にかけるネガティブで執拗なまでの忠実さ、そしてこの忠実さが全く別の価値と入れ替わってしまった——われわれは皆、共犯者なのだ。これは非可逆的だ。なぜなら、映画は自ら歴史を消し、記録保管所を降臨させたのだから。写真と映画は歴史をかけめぐった神話を犠牲にして、歴史を俗なものに還元し、歴史を目に見える《客観的》な形に止めようと大いに貢献したのだ。いま、映画は自ら排除してきたものを再び生あるものにしようと、あらゆる力量と技術を投入することもできよう。だが亡霊だけが蘇り、映画はそこで破滅する。

3章　ホロコースト

皆殺し（extermination）を忘れ去ることは、皆殺しの一部だ。なぜならそれは記憶や歴史、社会体などを皆殺しにすることと同じだからだ。この忘却は事件そのものと同様に重要だ。だがどちらにせよわれわれにはその真実に迫ることも、発見することもできない。この忘却はさらに危険極まりない、つくられた記憶で忘却を消し去らねばならない（人間の記憶を消したり、人間固有の記憶から人間を消し去るような、つくられた記憶は、今どこにもある）。このつくられた記憶が皆殺しを再び舞台に登場させることになるだろう──だがもう遅い、そんな記憶が本物の世論の波や、何事かを心底狂わせ得るには遅すぎるのだ。忘却と抑止そして皆殺しをナチの強制収容所そのものより、これでもかとシステマティックに発散させている。とくに、とりわけクールなメディアを媒介にして。それはテレビだ。それはあらゆる事件の歴史的真実を描く最後の解決策だ。ユダヤ人を火葬場でもガス室でもなく、音響テープと映像のテープに、カトリック教徒のスクリーンとマイクロプロセッサーの上に再び登場させた。忘却や絶滅は、やっとその時点で美的な次元に至る──忘却は復古の中で完成し、ここでついに大衆の次元にまで高められるのだ。

罪の意識や、潜在的羞恥心から、あるいは語るにしのびなく忘却の彼方にあった社会的歴史的次元に類することは、もはや存在しない。なぜなら今後《衆知》のことであり、誰もが皆殺しを目の前にして感動におののき涙したからだ――《それ》がくり返されることは決してない確たる印だ。このように手軽に、しかも数滴の涙を代償にして悪魔祓いした事柄は、たしかに二度とくり返されることはなかろう。というのは、人々が事件を告発しようとする形式の中で、悪魔祓い的性格そのもののメディア、つまりテレビの中で、そんなことは以前から、そして今もなおくり返されつつあるからだ。まさにテレビは、忘却、清算、皆殺しのプロセス、記憶と歴史の消滅そのもの、逆行し内破に至る光線、反響なき吸収、そしてアウシュビッツと同じブラックホールだ。そのうえ、集団認識に光をあてつつ、テレビがアウシュビッツの障害を取り除くだろうと、われわれに信じ込ませたいのだ。ところがテレビは別の形で、今度は消滅の場ではなく、抑止のメディアの力をかりて障害を永続させる。

ホロコーストは、何よりも(そして特に)ひとつの事件だ、というよりむしろテレビ化のための対象だ、ということを誰ひとりとして理解しようとしない(これがマクルーハンの根本原則であることを忘れてはなるまい)。つまり、冷えきった歴史的事件を再燃焼させようと試みることだ。その歴史的事件は悲劇的だがクールであり、最初のクールなシステムが引き起こした大事件だ。そして抑止と皆殺しという冷却システムは次に別の形に拡大する(例えば、冷戦など)。クールな大衆側は、(ユダヤ人はもはや自己の死とは無関係に、場合によっては反乱さえしない大衆を自主管理させ、つまり死に至ることまで抑止され、大衆の死そのものも抑止され)テレビのクールなメディアを通じて、あの事件を再び燃えあがらせる。クールな大衆自身には、そこで身の毛もよだつように身ぶるいをし、手遅れに感動するしかないだろう。その身ぶるいでさえ抑止的だ。それは大衆を、カタストロフィーの美学的良心ぐるみ忘却の彼方に追いやるだろう。

それらすべてに熱い思いをいだかせようと、事件（今回はテレビで放映された事件）を意味あるものにしようと各方面から生じた政治的、教育的なあらゆる企ては、過剰ではなかった。子供や他の人々のイマジネーションにこの番組がもたらすであろうあらゆる結末をめぐっての批判的脅しもあった。これほど人工的な事件の復元に有毒な危険がひそんでいるかのごとく、危険なものを濾過しようと教員と勤労者が総動員されたのだ！　だが危険は、どちらかといえば逆だった。つまりクールからクールへ、特にテレビのクールなシステム特有の社会的無気力さの側にあった。だから社会体、熱き社会関係や、熱烈な論議、つまり皆殺しというクールな怪物を足がかりにして、コミュニケーションを再びとりもどすために総動員されねばならなかった。そのためには、賭けられるものも、投入するものも、歴史も、パロールも足りない。これこそ根本的問題なのだ。したがって目的は、何がなんでもそれらを、捏造しようとすることにある。だからこの番組が好都合だったのだ。死んだ社会体をあたためなおすために、死んだ事件の人工的な熱を吸収しようとしたのだ。そのためにフィードバックの手法を使って放映効果を上げようと、別のメディアが追加された。それは番組の大衆効果や、メッセージの集団インパクトを裏付ける番組直後の調査だった——だが、このような調査は、言うまでもなく、メディアそのものとしての、テレビ視覚《テレビジュエル》的成功を裏付けるにすぎない。むろんこの混乱が取り除かれることは決してないだろう。

ここに立脚して、テレビのクールな光線について語らねばならない。この光線はどんな空想も伝えないので、この光は空想力にとって（子供の空想力にとっても）無害だ。その理由は単純だ、つまりその光は、もはやひとつの映像ではないからだ。いまだ強烈な空想力に恵まれた（だがますますテレビの影響を受け、その性格は減る一方だが）映画とは正反対だ——というのは映画は映像《イメージ》だからだ。つまり、映画が視覚的なスクリーンや形式を備えているだけでなく、それは神話であり、いまでもなお分身を、幻影を、鏡を、そして夢などを、固くつなぎ止めているからだ。ところが《テレビ》の映像には、そんなものは何もなく、何ものをも連想させない。それは磁化し、テレビの映像はスクリーンでしかない、いやそうでさえない、実はそれはあなたの頭の中に直接置かれているミニアチュールのターミナルだ——あなた自身がスクリーンであり、テレビがあなたをながめている——ありとあらゆる神経をトランジスター化させつつ、磁気テープのように通過する——それはテープであり、映像ではない。

4章　チャイナ・シンドローム

根本的な賭け金は、テレビと情報のレベルにある。テレビ化されたホロコーストという事件の背後で消えていったユダヤ民族皆殺しのように――クールなメディア、テレビが、クールなシステム、皆殺しと入れ替わっただけで人々はテレビを媒介にして悪魔祓いができるものだと思っていた――この例にならえば、『チャイナ・シンドローム』は、核の事件――事件そのものは現実に起こるとは限らず、いわば空想的なものだが、その事件に対して、テレビ化された事件が優位にあることを示す良い例だ。

映画は（思いがけず）さらにその事実を示す。つまりテレビがまさしく事件の現場にあるのは単なる偶然ではない。テレビが発電所の中心に闖入し、それが核の事故を誘発するかのごとくだ――なぜならテレビこそ、いわば日常世界の先取りとモデルだからだ。つまり実在と実在世界が、テレビで核分裂（télé fission）を起こす――なぜなら、一般的にテレビと情報はルネ・トム（René Thom）の説くトポロジーの理論によるカタストロフの一形態だからだ。つまりあるひとつの体系すべてが根底的に質的変化をする。あるいは、むしろテレビと核は同じ性質のものだ、といってもいい。エネルギーと情報の《熱い》ネグエントロピー的概念の裏側で、両者はクールな体系の抑止力を共に持っている。テレビ、それ自体もまた連鎖反応をする核のプロセスだ、だが内破的だ。というのは、テレビは事件の意味とエネルギーを冷却し、中立化させてしまうからだ。同様に核もまた、予測される爆発という危険、つまり熱いカタストロフの裏側で、長いクールなカタストロフと抑止システムの普遍化を隠しているのだ。

映画の終り近くでもまた、多数の新聞記者やテレビが闖入し、悲劇を巻き起こす。警察特殊技術部隊による技術主任の殺害、この悲劇は、起こらなかったであろうカタストロフの身替りだった。

核とテレビの相同性《ホモロジー》は映像の上で直接読みとることができる。例えばコントロールの中心とリモートコントロールセンターほどテレビ局のスタジオに似たものは他になく、核を管理する操作台《コンソール》は録音録画と放送用のスタジオにあるコンソールと想像の上で重なり合う。そこで、あらゆることがこの二つの極の間で起こるのだ。つまり別の《心臓部》、原子炉という中心は、本来この事件の中心だが、われわれはそれについて知るよしもなく、原子炉はまさに実在のように逃げ出し、読み取り不可能で、この映画にとって大して重要でもない(切迫するカタストロフの中で、その重要性をわれわれに思い起こさせようとしても、空想の上では、まったく無駄だ。なぜなら悲劇はまさしくブラウン管上で展開し、決して他の場ではないからだ)。

ハリスバーグ(1)、ウォーターゲートとネットワーク、これこそチャイナ・シンドローム三部作だ――どれが結果(effet)で何がその徴候なのか全くわからない錯綜した三部作ではあるが、イデオロギー上の論拠(ウォーターゲート効果)は、核(ハリスバーグ効果)あるいは情報理論モデル(ネットワーク効果)の徴候であり――実在する(ハリスバーグ)は空想(ネットワークとチャイナ・シンドローム)の徴候か、あるいはその逆ではないだろうか。どこまでがシミュレーションか見分けのつかぬことも、その配分のあり方も見事だ。だからチャイナ・シンドロームというタイトルもすばらしい。なぜなら数々の徴候が可逆的であり、それらが同じプロセスで収斂するというのは、まさしくわれわれがシンドロームと呼ぶものを成り立たせているからだ――シンドロームという言葉にチャイナという名前がついているのは、シンドロームに詩的で、知的な味付けがなされただけだ。例えば難解なはめ絵（cassetête chinois）や、手の込んだ拷問（supplice chinois）にチャイナの名がついているように。

　チャイナ・シンドロームとハリスバーグとは切っても切れない仲だ。だがそれは偶然にすぎないのだろうか。シミュラークルと実在の間にある不可思議なつながりを検討するまでもなく《実在》するハリスバーグとシンドロームが無関係でないのは明らかだ。因果律からではなく、実在とモデル、実在とシミュラークルをつなぐ感染と無言のアナロジーの関係を見ればわかることだ。つまり映画の中でテレビが核を誘発したことと、映画がハリスバーグの核事故を誘発したこととは、気がかりなほど明らかに符合するのだ。実在より映画が先行するこの不思議さ、その驚くべき場面にわれわれは居合わせたことになる。実在は逐一シミュラークルに答えた。むろんサスペンスに富み未完であるカタストロフの性格も含み込んで、抑止という観点に立てばこれこそ本質的なことだ。つまり実在は、映画に似せて、カタストロフのシミュレーションを造り出すためにうまく手筈をととのえたのだ。

　だから、われわれの論理を逆転し、チャイナ・シンドロームの中に本物の事件を見い出し、ハリスバーグの中にそのシミュラークルを見出すはずだ。そこには無雑作に乗り越えるべき溝があるだけだ。なぜなら同じ論理で、映画の中で、核の現実はテレビ効果から発生し、一方、《現実》の中で、ハリスバーグ事故は、映画チャイナ・シンドローム効果から発生したのだ。だからといってチャイナ・シンドロームは、ハリスバーグのオリジナルなプロトタイプでもなく、チャイナ・シンドロームが、ハリスバーグを実在とするような、シミュラークルでもない。つまりそこにはシミュラークルしかないのであり、ハリスバーグは、いわゆる第二段階のシミュレーションだ。まちがいなく、どこかに連鎖反応があり、われわれはそのためにくたくたになるだろう、だがこの連鎖反応は、決して核による連鎖反応ではなく、シミュラークルとシミュレーションによるものだ。劇的な核爆発ではなく、持続し眼に見えぬ内破の中に実在の全エネルギーは吸い込まれる。その内破こそ、今日われわれがむなしく待ちこがれているどのような爆発より、致命的な様相をおびているのかも知れない。

なぜなら爆発は常にわれわれにとっての約束事であり、それはわれわれの希望だからだ。映画でも、ハリスバーグでも、破壊が名乗りをあげ、名付けようもない危機を、眼に見えぬ形で核が及ぼす抑止の危機を、いつわれわれから取り去ってくれるかと、どれほど皆が爆発をかたずをのんで待ちこがれていたか、思い出すがいい。それがたとえカタストロフであろうとも、原子炉《リアクター》の《心臓部》が破壊の熱い力をさらけ出し、エネルギーの存在を確信させ、エネルギーのスペクタクルとしてわれわれに報いてくれるかどうかと。ところが不幸にも核のスペクタクルも、核のエネルギーそれ自身も登場しなかった（広島は終った）。だからこそ核エネルギーは拒絶された――もし核エネルギーが、かつてのエネルギーが持っていたようなスペクタクルにふさわしかったなら、それは受け入れられたにちがいないのだ。カタストロフの再臨、それはわれわれのメシヤ的リビドーの滋味あふれる糧だ。

もはやそんなことは二度と起こるまい、起こり得るのは爆発ではなく、内破だ。かつて魅惑に満ちていた爆破の、と同時に革命のあらゆるロマンチズム――そんなスペクタクルで悲愴なエネルギーは、もはや決して存在せず、情報の冷やかなシステムの中に、同種療法《ホメオパティック》程度のシミュラークルと、その蒸留物の冷やかなエネルギーがあるだけだ。

メディアがそこにあるだけで事件が起こるのに、メディアは他に何を夢みるのか。だれもが事件をなげくが、皆ひそかに事件が起こる可能性を待ち望んでいる。これがシミュラークルの論理だ。事件は、もはや神の定めた宿命ではなく、モデルが先行する、だがそれもまた冷酷だ。したがって事件には、もはや意味がない。つまり、事件そのものに意味作用がないのではなく、事件がモデルに先行され、そのモデルと事件のプロセスを符合させるだけのことだ。だからEDF〔フランス電力〕がジャーナリストに見学を許した時、メディアという挑発的な存在の眼の前で、マジックアイに関係した事故が再発し、フェッセンハイム〔アルザス地方の原子力研究所〕でチャイナ・シンドロームのシナリオがくり返されたら、どんなにすばらしかったことか。残念ながら何も起こらなかった。だがそれでも！　シミュラークルの論理は、あまりにも強力であったので、一週間後に組合はセンターに欠陥を発見したのだ。感染力の奇蹟か、それともアナロジー的連鎖反応の奇蹟か！

映画の核心は、ジェーン・フォンダ演じる人格が表現するウォーターゲート効果にあるのでも、核の欠点をあばくテレビにあるのでもない。その反対にテレビが核の連鎖反応と双子の軌道を描き、そしてまた双子の連鎖反応をすることにある。映画のラストシーンで——そのシーンは映画の脚本の主題にとって冷酷なのだが——ジェーン・フォンダが現場からの中継で真実をあばいた時（最大のウォーターゲート効果）、彼女の映像は何の予告もなく続いて写される映像と重なり、結局画面から消された。つまらないコマーシャルフィルムに。ネットワーク効果は、ウォーターゲート効果よりはるかに優れ、ハリスバーグ効果の中で奇妙にも花開く。つまりそれは、核の脅威ではなく、核のカタストロフのシミュレーションの中で開花するのだ。

だから有効に作用するのはシミュレーションであり、決して実在ではない。核のカタストロフのシミュレーションは、抑止という発生的で、普遍的な企みの戦略的拠り所だ。それは人々に絶対安全の思想と精神をふき込み——核分裂と核の欠陥の形而上学的訓練をほどこす。そのためには、欠陥はフィクションでなければならない。実在するカタストロフは事柄を遅らせるだろうし、いわゆる爆発の類の逆行する事件を起こすだろう（事柄が起こっている中心では何も変化しない。例えば、広島は抑止の普遍的プロセスを眼にみえて遅らせ、抑止したのだろうか?）。

映画でも本当に炉が融解すれば、脚本のテーマは最悪だったにちがいない。つまり映画はカタストロフ映画に転落しただろう——論理的にも当然物足りない。なぜなら事柄を純粋な事件にひきもどらせてしまうからだ。チャイナ・シンドローム、その強さは、カタストロフにフィルターをかけ、どこにでもころがっている情報を電波で中継し、核の強迫観念を蒸留するところに見られる。映画は（再び、思いがけず）

核、のカタストロフは起こらなかった、そのカタストロフとは、起こるために存在するものではない、ということをわれわれに教えている。冷戦の片隅にある原子力衝突が永遠に中ぶらりんになっていることで保たれている。原子と核とは、抑止という目的に対して分散されるべき存在であり、カタストロフの力は、ばかばかしく爆発するより、同種療法程度に、細胞のごとく、絶えざる情報の中に分散されねばならない。そこに本当の汚染がある。だが、それは決して生物学的汚染でも、放射能汚染でもなく、それはカタストロフの心理戦略による心理的破壊による汚染だ。

注意深く観察すれば、映画はわれわれをそこに引き込む。しかもそれ以上に、映画はウォーターゲート事件の教訓とは正反対の教訓をわれわれに与えている。つまり今日の戦略すべてが、心理的恐怖と、不安と永遠に続くカタストロフのシミュレーションに関連する抑止であるなら、このシナリオをとりつくろう唯一の方法は、カタストロフを起こすことであり、本物のカタストロフを生産、再生産することだ。大自然は時たま、まさにそんな方法をとる。例えばしかるべき瞬間に、人類がとりこになっている恐怖のバランスをなんとかともどそうとして、地球上に大異変を起こすのは神だ。もっと身近には、テロリズムもそんな方法をとる。安全という眼に見えぬ暴力に反抗し、本物で手で確かめ得る暴力が起こるのだ。これこそテロリズムの多義性といえよう。

75　4章　チャイナ・シンドローム

5章　アポカリプス・ナウ（『地獄の黙示録』）

コッポラは、まるでアメリカ人が戦争をしたかのごとき映画を作った――その意味で映画は最良の証言者だ――映画も戦争も、極度の暴力性と、手段の行きすぎと、無気味な無邪気さ……そしてその成功という共通点を備えている。麻薬による幻覚と技術的でサイケデリックな幻覚のような戦争、特殊効果の連続のような戦争、戦争は撮影する以前に一本のフィルムになった。戦いは技術的なテストの中で廃止された。アメリカ人にとっての戦争は、まずそんなものだった。つまり、試験台、彼らの兵器や方法論、彼らの力を試す場だったのだ。

コッポラは次のことをしただけだ。映画の介入力を試し、並はずれて大きな特殊効果機械となった映画のインパクトを試したのだ。こんな意味でコッポラの映画は、別の手段で戦争を延長させ、未完の戦争を完成させ、その礼賛をやってのけた点で、まあ評価できる。映画は自らを戦争と化し、戦争は映画と化し、両者は技術という共通の出口で出合うのだ。

本物の戦争、それはコッポラによって作られた、まるでウェストモーランド将軍のように。つまり南ベトナムの地獄を再現しようと、ナパーム弾づけのフィリピン村落の森を設定した、といった卓抜な皮肉はさておき、観客はその映画ですべてを取りもどし、すべてが始まる。撮影のけだものじみた快楽や、投入された巨額の金、ホロコースト的手段、あれほどのエピソードの数々、といった供犠にも似た快楽、そして明らかな偏執狂的性格は、初めからこの映画は世界的で、歴史に残る事件だと見なし、その中でベトナム戦争はあの戦争であったのにすぎず、本当は存在しなかったにちがいないと、製作者は内心思ったのだ――われわれはその事実を理解すべきだ。つまりベトナム戦争は《それ自体》もしかしたら、いまだかつて起こらず、それは夢であり、ナパームと南国の奇妙な夢だ。その目的には勝利や政治的に賭けられるものなんか初めからなかった南国的精神病の夢だった。その展開の中ですでに自分を写し出しているひとつの権力の、供犠的で過大な自己顕示が意味するものは、あの戦争の大衆への劇的効果の総仕上げが、超大作映画として公認されることだけを待ちのぞんでいた、ということかも知れない。

戦争に対する現実的な隔りや、批判精神、《認識》意欲のかけらさえない。そして、ある意味では、戦争の倫理精神に侵されまいとするところが、この映画の粗野な価値だ。コッポラは軽騎兵帽をかぶったヘリコプターの大尉を異様な姿にし、ワグナーの音楽を背景にしてベトナム人の村を抹殺させた――そらぞらしいと批判されるべき点は、そんなことではない。それが装置に埋もれて見えなくなってしまい、特殊効果の一部となっていることだ。そのうえ、コッポラ自身、復古的誇大妄想と無意味な熱狂と、お笑いぐさの超多様な効果を使って、同じやり方で映画を作っているのだ。まさしくコッポラはその点でわれわれに打撃を与えようとする、それが、まさに驚きだ。なぜこれほどまでの恐怖があり得るのか(戦争の恐怖ではなくまさしく映画そのものの恐怖を指すが)と自問してもいい。だがその答えも、価値判断もあり得ない。そのうえこの怪物のごとき代物に(まさしくワグナーに対するのと同様)狂喜することさえあり得る

——だが平凡とは言い切れぬ、そして価値判断でもない、ほんのちょっとしたアイディアに注目してもいいだろう。それは、ベトナム戦争とこの映画そのものが、同じ素材から切り取られ作られたものであり、両者を分かつ何ものも存在せず、この映画こそ戦争の一部だ、ということだ——たとえアメリカ人が（見かけ上）片方で敗れたとしても、まちがいなく彼らは映画を勝ち取ったのだ。『地獄の黙示録』は、世界的勝利だ。映画の権力は、工業や軍事機械と対等であり、なお優位であり、ペンタゴンや政府の権力と対等あるいは優位にある。

それゆえ、映画は興味深い。というのは、政治的関係からすれば、あの戦争にはすでに麻薬的な悪い幻覚状態があり、不合理だった、ということを映画は回顧的に明らかにするからだ（回顧的でさえあるまい、なぜなら映画は結末のないあの戦争の一局面だからだ）。つまり、アメリカ人とベトナム人はすでに和解していた。敵対が終るやいなやアメリカ人は、まさに彼らがジャングルや街を破壊しつくしたのと同じやり方で、まさしく彼らが今、映画をつくっているのと同じやり方で、経済的援助を提供したのだった。

思想や倫理でさえない善と悪を見分けることのむずかしさではなく、破壊と生産、その革命そのものが含む事柄の内在性、あらゆる技術の有機的新陳代謝、絨毯爆撃から映画のフィルムまで……それらが可逆的であるかどうかを見分けることのむずかしさに気付かなければ、戦争も映画も（少なくとも映画は）理解できなかった。

6章　ボーブール効果――内破と抑止

ボーブール〔ポンピドー国立芸術文化センターの愛称〕効果、ボーブール機械、ボーブール的モノ――それを何と名付けようか。この流れと記号、ネットワークと回路の骨組みの謎――それは〔催し物、自主管理、情報、メディア〕といった表面的な風通しの良さに、そしてひそかに非可逆的な内破に委ねられた社会関係という構造、もはや名前さえないこんな構造を表現しようとする最後の、ちょっとした欲望だ。

大衆のシミュレーション遊び用のモニュメントである〔ポンピドー文化〕センターは、まるであらゆる文化的エネルギーを吸収し、それをむさぼり食う焼却炉のように機能する――どことなく『二〇〇一年宇宙の旅』の黒い石碑《モノリス》のようだ。つまりそこに到達するあらゆるものはその場で物質化され、その場で吸収され、その場で消え去る、常識を超えた対流に似ている。

その界限は斜面にすぎない――洗い直し、消毒し、スノッブで清潔なデザインだ――精神的な面ではそう言えよう。つまりボーブールとは真空を作る機械だ。ちょうど原子力発電所に似ている。原子力発電所がつくり出す本当の危険は、安全性の欠如とか公害とか爆発などではなく、それをとりまいて放射状に拡がる最大限の安全保障のシステムだ。徐々にあらゆる領域に拡がりゆく管理と抑止の斜面、技術的、生態的、経済的、地政学的斜面なのだ。原子力が問題なのでは決してない、原子力発電所が絶対的な安全のモデルを入念につくり上げる原型《マトリックス》であり、それが社会のあらゆる分野に蔓延しようとしている。それこそがまさしく抑止のモデルだ（平和共存とか、核脅威のシミュレーションという記号の下でわれわれを世界的な規模で支配しているものと同じものだ）。

あらゆる差異を考慮しても、それと同じモデルが文化センターで仕上げられている。つまり文化的核分裂と政治的抑止が。

これは流体の循環が不均衡なことを示している。例えば換気や冷房、配電網――このような《伝統的》な流体は問題なく循環している。ところが人間の流れのほうはそれほどでもない（プラスチック型の筒の中を通るエスカレーター、といった古風な手法で人々は吸い込まれ、押し流されるしかない、など、建物の可動性といってもそれは流体を古風な演劇的イメージに仕立て、それが建物の構造を独創的に見せているにすぎない）。作品、物、書籍などの設備や《多機能的》と言われるインテリア空間についてはどうか、といえばこれが全く循環しない。内部に行けば行くほど流れない。それはロワシー〔ドゴール空港〕の逆だ。そこでは《宇宙的》なデザインの未来型センターから《サテライト》へと拡散し、全く平凡にも……型通りの飛行機に至る、とはいうものの支離滅裂さにかけては全く同じだ（もしそうだとすれば別の流体である金《かね》はどうだろう、金の循環と乳濁、そしてボーブールに舞いもどる有様はどうなっているのだろう？）。

《多機能的》空間を与えられプライベートな空間なしの職員達の行動にまでも同じ矛盾が見える。立ったまま移動する職員達は《モダン》な空間の《構造》に合い、よくデザインされ、より柔軟でクールな行動を装っている。それぞれの持ち場にすわり、といってもその持ち場がひとつとは限らないが、職員達はわざとらしい孤独感を分泌したり《マンガの吹き出し》をくり返すのにへとへとになってしまうのだ。ここにも抑止の戦略がある、つまり職員は自分自身を護るのに全精力を使い果たさざるを得ない。このようにして奇妙にも、ボーブール的モノと同じ矛盾が見える。つまり外面は動的で交換可能、クールでモダン——ところが内面は古くさい価値で苛立っているのだ。

可視性、透明性、多機能性、合意とコンタクトなどのイデオロギーで結ばれ、安全性の脅威に裏付けられたこの抑止の室内は、現在まさしくあらゆる社会関係を表わす空間だ。どんな社会的ディスクールでもそこにある、この点で、つまり文化の取り扱い方に関する点と同様に、しかるべき目的とまっ向から対立する矛盾のまっただ中にありながら、ボーブールはまさしくわれわれの近代性《モデルニテ》の巧妙なモニュメントだ。〔ボーブールの〕アイディアは革命的に想い浮かんだのではなく、批判精神などすこしもない既成秩序の側にいる理論家の頭に浮かび、だからこそより真実に近く、彼らが執拗にねばって本来コントロール不可能な機械を設置することができ、大成功にもかかわらずその機械は彼らの目を逃れ、アクチュアルな事態を、その矛盾でさえも的確に反映している、と、そんな風に考えるのは甘い。

もちろん、ボーブールの文化的内容物はすべて時代錯誤だ。なぜならあの建物の外装にふさわしかったのは、ただの空虚だけだからだ。全体の印象はといえば、ここにあるものすべてが息もたえだえだから、なにかにつけても催し物《アニマシオン》を要求するが結局蘇生《レアニマシオン》にしかならない。文化は死んだのだからこんなものだろう。ボーブールが見事に、しかもおずおずと物語るのはこのような姿だ。だからこそボーブールは堂々とこの死を認め、かつてのエッフェル塔の男根的空しさにも等しいモニュメント、あるいは反＝モニュメントを建てるべきだった。全面的断絶、ハイパーリアル性、文化の内破などに捧げられたモニュメント――今われわれに適した大規模なショートに常につけねらわれているトランジスター回路の印象を与えるモニュメントを。

ボーブール、それはそれだけでも立派な〔彫刻家〕セザー（Céser）風コンプレッサーだ――自重でおしつぶされた文化の形をし――幾何学的な立体の中で突然止まってしまう自動車のモビールに似ている。空想上の事故をまぬがれたセザーの車とはこんなものだ。外側だけではなく金属的でメカニックな内部構造もまた四角なスクラップの山になったにちがいない。そこにある金属のチューブやハンドルや外装部品そして内側にいる人体でさえ、最小空間に見合った幾何学的な寸法で裁断されているのだ――これと同じようにボーブール文化も単純な最少要素に砕かれ、ゆがめられ、裁断され、押しつぶされている――つまりそれはちょうどSFのメカノイドのように無感動で、呼吸もしない伝達と新陳代謝の回路だ。

どう見てもコンプレッサーのような建物であるにもかかわらず、ここではあらゆる文化を壊したり圧縮したりする代わりに、そんなことをする代わりにセザーを展示する。デュビュフェ（Dubuffet）や、カウンターカルチャーのような死んだ文化の照合に役立つ逆のシミュレーションを展示してしまう。無駄な記号の操作性の霊廟になり得たかも知れぬこの建物に不滅の文化という記号を冠せ、ティンゲリー（Tinguely）のかりそめの自滅機械をまたもや展示する。このようにして全体が中和される。つまりティンゲリーは美術館的機構の中で香気を放ち、ボーブールの自称芸術的内容は薄められるのだ。

幸いにもここの文化価値のシミュラークルのすべては、建物の外観が事前にぶち壊してしまった。[1]なぜならパイプ網と万博あるいは国際的な祭のようなふんいき、伝統的な精神性と記念碑的性格を備えた抑止的な脆い（計算づく？）建物は、われわれの時代がもはや持続の時代ではなく、われわれの時間感覚が加速されたサイクルとリサイクル、そして流体の回路と通過の時間感覚であることをはばかることなく宣言しているからだ。実のところわれわれの唯一の文化とは炭化水素文化であり精錬文化だ。文化分子を分割し、蒸留し、それらを新たに結合させて合成物にする文化だ。この事実を美術館＝ボーブールは隠したいのだが、建築物＝ボーブールはそれを公表してしまう。建物の美しさと内部空間の失敗は、まさにここにある。どちらにせよ《文化の生産》というイデオロギー自体、あらゆる文化とまっ向から対立するものだ。ちょうど物がよく見えることと、多機能な空間のイデオロギーが対立するように、つまり文化とは、ごく限られた、高度に儀式的な秘密と誘惑とイニシェーションと象徴交換の場なのだ。そのこと自体、動かしがたいことだ。大衆にも、ボーブールにとってもどうしようもないのだ。

だとすればボーブールに何を置くべきだったのか。何も。空（vide）それは意味と美的感性を求めるあらゆる文化の消滅を意味した。だがこの空でさえロマンチックで悲痛すぎる。空とはかつて反文化の傑作として役に立ったのだから。

もしかしたら群衆の動きに導かれて空間に線を描くストロボとジャイロスコープのような光の回転では

なかろうか?

事実ボーブールはシミュラークルの秩序が過去の秩序のアリバイだけで支えられていることをよくわからせてくれる。この場所、流れと表面の結合でしかない建物では、深遠な伝統文化を自己の内容にしようとしている。過去のシミュラークル秩序(意味の秩序)が、その後の秩序の空虚な実体を生んだ。この空虚な実体は、記号表現と記号内容、容器と内容の相違さえもわかってはいないのだ。

だから《ボーブールに何を置くべきだったか?》なんていう問いはバカバカしい。それに答えられるわけがない、なぜなら内部と外部という的を得た区分なんて問題になるはずがないからだ。これがわれわれにとっての真実、メビウスの真実だ——むろん非現実的なユートピアにちがいない。だが〔ボーブールの〕内容がどんなものであろうと、それが反=意味で、しかも事前に容器のせいで根絶やしになっている限り、ボーブールはこんなユートピアかも知れない。

だが——だけれども……ボーブールにもし何かが必要であるなら——それは迷路、組み合わせ無限の図書館あるいは賭けや宝くじで運命の偶然性を再配分することぐらいだ——要するにボルヘス(Borges)の世界——あるいは〔ボルヘスの〕円形廃墟、つまり互いに夢うつつの個人がのろのろと鎖状に連なることだ(夢のディズニーランドにあらず、現実的空想実験室)。何かを再現するためにあらゆる異なったプロセスを実験すること、つまり回折、内破、減速、連鎖《アンシエヌマン》と偶発的爆発《デシエヌマン》——どちらかといえばサンフランシスコの開拓館やフィリップ・ディックの小説世界のようなものだ——要するにシミュレーションと魅惑の文化であり、生産と意味の文化とは限らない。これこそ提供されるべきものであった、反文化などというみすぼらしいものではなかったはずだ。ではそれが可能か？　といえばむろんここでは無理だ。だがこの文化こそ別の場で、いたる所で作られ、しかもどこにも存在しないのだ。今後、唯一本物の文化活動、大衆文化、つまりわれわれの文化（そこにもはや差はない）とは、もはや意味を失ってしまった記号の、操作的で偶然で、迷路のような活動だ。

しかし、別の見方をすれば、ボーブールの容器と内容が支離滅裂だというのは当たっていない。もしも当局の計画をいくらかなりとも信頼していればの話だが。ところがここで行なわれているのは全く逆だ。ボーブールは、記号が偶然もたらす秩序通りに、建物のファサードの流れとパイプの秩序と全く同質の（第三番目の）シミュラークルの秩序通りに、意味という、あの問題の伝統文化なるものを大がかりに変形しているだけだ。それは大衆をここにさそい込み、この新しい記号製造という秩序で大衆を調教するために――しかも大衆に意味と深遠さの文化変容を受け入れさせようとする逆の口実で。

したがって次のような自明の理に立脚すべきだ。つまり、ボーブールは文化的抑止のモニュメントなのだ。文化の人道主義的虚構を救うぐらいにしか役立たない博物館仕立てのシナリオを使ってここで展開されるのは、まさに文化の死の作業であり、大衆が嬉々として招かれたのはまさしく文化の喪の作業だ。

そして大衆はその場に殺到する。これこそボーブールの最高の皮肉だ。大衆がそこに殺到するのは、数世紀もの間彼らにとって高嶺の花だったはずの文化に涎をたらしたからではない。むしろ彼らが心底嫌っていた巨大な文化の喪の作業に生まれて初めて群れをなして参加する機会を得たからに他ならない。

したがってボーブールを、あたかも大衆の文化を欺くものだと決めつけるのは誤解もはなはだしい。大衆、彼らは、文化の死、解体、神格化されただけのあらゆるカウンターカルチャー込みで、事実上追い出してしまった文化の堕落操作を楽しむためにそこに飛び込むのだ。いやそれ以上に、彼らこそボーブールのカタストロフの現場に殺到するように、同じ抑えがたい衝動で、ボーブールに殺到する。大衆はカタストロフなのだ。その数、その足音、その好奇心、彼らのすべてを見ようとし、操作したいと願う抑えがたい欲望は、あらゆる企てにとって客観的に見ても致命的で、破壊的だ。大衆の重量が建物を危険にさらすだけではない、〔文化センターの会員〕登録者の数や好奇心が、この催し物的文化の内容自体をだめにしてしまう。このようなラッシュはボーブールが企ててきた文化目標とは何の共通点もない。その行きすぎも、その成功さえも目標の全否定だ。だからこのカタストロフの構造の中でカタストロフの代理人役を務めるのは大衆であり、大衆自身が大衆文化に終焉をもたらすのだ。

透明な空間を巡りながら大衆は確実に流体に変わる。と同時に大衆の不透明性と無気力さが《多機能》な空間をだいなしにする。大衆を参加させ、シミュレーションさせ、モデルで遊ぶように誘い込む——ところが大衆はそれ以上のことをするのだ。つまり大衆はあまりにも見事に参加し、操作するので、操作の意図するあらゆる意味を消し去り、建物の基本構造さえ危機にさらしてしまう。このようにして、ある種のパロディー、文化的シミュレーションに対する答えとしてのハイパーシミュレーションは、文化の家畜でしかあり得なかった大衆を文化の死をもたらす実行者に変えてしまう、ボーブールはその文化の恥ずべき化身でしかなかった。

この文化抑止の成功に拍手喝采すべきだ。反芸術主義者、左翼、文化の批判者、だれ一人として決してボーブールという記念碑的ブラックボックスの抑止的な効力に近づこうとはしなかった。文化の抑止とはまぎれもなく革命的作戦だ。なぜならその作戦は意図的でなく、常軌を逸していて、コントロールされていないからだ。その反対に文化に終止符を打とうとする常識的などんな作戦も、衆知の通り、文化を蘇らせるだけだ。

本当のことを言えば、この大建造物がコンバーターやブラックボックス、あるいは入＝出力的関係のように、まさにある精製所が石油製品や原材料の流れを取り扱ってきたように、扱ってきた大衆そのものが、ボーブール唯一の内容なのだ。内容――ここでは文化、別の場では情報あるいは商品――とは、メディア自体が操作する幽霊のような素材にすぎず、その機能は、といえば大衆から結論を引き出し、均一な人間と精神の流れをつくり出すことでしかない、ということが、これほどはっきりしたことは未だかつてなかった。それは職場に応じて、定刻に人をのみ込み、はき出す郊外の通勤用交通機関《コミューター》の動きと似た巨大な往復運動だ。ここで起こることは労働だ――テスト、アンケート、指示通りの疑問をいだく、といった労働、つまり人々が考えつく限りの疑問に対応する答えを求めてここに物を選びにやって来る、というよりむしろ、物が形づくる機能的で、あらかじめ決められた答えとして、彼らは自らここに来る。それは強制されていることが、それとなくヴェールで隠された計画的訓練である流れ作業以上といえよう。資本の伝統的な制度のはるか向こう側で、ハイパーマーケットあるいは《文化のハイパーマーケットである》ボーブールは、もうすでに管理のゆきとどいた社会主義化の未来形モデルになっている。つまり肉体や社会生活（労働、レジャー、メディア、文化）がばらばらに存在するあらゆる機能を、均質な時＝空間に再統合し、矛盾するあらゆる流れを集積回路の関係に転記する。

そのために消費者群は、商品群と同等、あるいは同類であらねばならない。これがボーブールと同様、ハイパーマーケットで展開する二つの群の対決と融合だ。そして、このことが文化の伝統的な場（博物館、モニュメント、画廊、図書館、文化会館など）とは何か特別ちがったことなのだ。ここで、危機的大衆に仕上げられ、そのむこう側で商品はハイパー商品に、文化はハイパー文化になる——つまりはっきりした目標のある交換や、決定的な欲求とはまるで関係なく、ある種の完全に記号化された宇宙と関わりをもち、あるいは集積回路でひとつの衝動《インパルス》が一点から一点に走り、そこでは選択、読み取り、照合、指示、解読が絶え間なく通過するのだ。別の場では消費物がそうであるように、この文化物の目標はあなたを集積大衆に、トランジスター化した流れに、磁気化した分子に止めておくだけだ。ハイパーマーケットで学ぶことはこんなことだ。つまり商品のハイパーリアリティー——そしてボーブールで学ぶのは文化のハイパーリアリティーだ。

伝統的な博物館でもこんな細分化や再編成が、あらゆる文化の干渉、文化のハイパーリアリティーを促す有無を言わせぬ美化が始まっている。だが博物館は今でも、データーの記憶装置だ。ボーブールほど、ストックと機能的な再配分のために文化が己れのデーターの記憶をなくしてしまった例は他にあるまい。このことを一般的に言いかえれば、《文明化された》世界ではどこでも、物をストックする場の建設は、ついでに人間をストックするプロセスを併せもった。行列、待ち時間、雑踏、密集地、収容所などのように。これこそ《マス・プロダクション》だ。民衆《レ・マス》が使用するとか、大量《マス》に生産されるという意味ではない大衆《ラ・マス》の生産だ。この大衆とはあらゆる社会性が最後につくり上げる産物だ。そしてそれゆえ、社会性は終りを告げる。なぜならこの大衆こそ社会体《ル・ソシアル》であるとわれわれに信じ込ませようとするのだが、実はその反対で、この大衆とは社会体の内破の場だ。大衆とは全社会体が内破し、その絶え間ないシミュレーションのプロセスの渦中で一気に消耗し尽してしまうますます高密度化する領域なのだ。

だからこの凹面鏡、つまりその凹面鏡で大衆を内側に見ながら民衆は押しかけようとするにちがいない。これは市場調査の典型的方法論だ。透明性のイデオロギー全体がここで意味を獲得する。あるいはまた、観念的な縮尺モデルを舞台に登場させるからこそ、まるで民衆が自動的に人口密集地をつくるように、人々は文化が加速度を増して手に入り、自動的に定着するものだと期待してしまう。核の連鎖反応の操作も、白魔術の鏡の操作も同じプロセスをたどる。

このようにしてハイパーマーケットが商品のスケールと見合っているように、ボーブールは初めて文化のスケールとつり合うのだ。つまりボーブールとは、完璧な回路のオペレーターであり、（商品でも、文化でも、群衆でも、圧縮空気でも）自前の加速度のついた循環を使って何でも見せびらかす。

だがもし物のストックが人間のストックをよび起こすなら、物のストックに潜在する暴力は逆に人間の暴力を引き起こす。

どんなストックも暴力的だ。そのうえどのようなたぐいの人間の群にも、それが内側に破壊力を秘めている限り、特殊な暴力性が存在する。——その暴力とは、自己の慣性の中心をとりまく固有の引力と密度につり合っている。大衆とは慣性の中心であり、それゆえその中心が全く新しい暴力となる。それは外に向かって爆発する暴力とは異なる説明し難い暴力だ。

危機的大衆とは内破的大衆だ。三万人を越えれば、その重量はボーブールの構造を《折り曲げ》かねない。構造によって磁気化された大衆は、それ自体構造の破壊変数となる——これはもし建築家達がこのようなことを望み、(だが、まさかそんなことはあるまいが?)もし彼らが建造物と文化を一挙につぶしてしまうチャンスをもくろんだなら——その時、ボーブールは今世紀の最も大胆不敵で最上のハプニングとなる。ボーブールなんかたたんじまえ! これこそ新しい革命の合言葉だ。焼き払っても抗議しても無駄だ。ボーブールに行け。それがボーブールを破壊する最良の方策だ。ボーブールの成功はミステリーでさえない。人々がそこに行くのは他ならぬそのためだ。カタストロフがいつ起こるかも知れぬ、脆い構造の建物に向かって、人々はただそれをたたませるために殺到する。

大衆が抑止の命令に従っているのは確かだ。というのもボーブールが彼らに消費するもの、むさぼり食う文化、操作しやすい建物を与えているからだ。だがそれと同時に大衆は、意図せず、はっきりとボーブールの消滅をねらっている。大衆が自らの力を行使できる唯一の行為が殺到することなのだ——ボーブールが大衆に向けて投げつけた文化の質をものともせず、弾丸のような大衆は大衆文化の大伽藍に挑戦し、自重で逆襲する。つまり何の意味もなく、最もばかばかしく、最も非文化的なやり方で。無菌な文化となった大量な文化の変容に対抗し、大衆は荒々しい行為にもつながる破壊的氾濫で応える。精神的抑止に対して大衆は直接物理的抑止で応えるのだ。これが大衆の挑戦だ。その策略は、大衆を駆り立てる関係そのものの中で応戦することだ。しかも、そのむこう側で、熱狂的な社会的プロセスで大衆を閉じ込めているシミュレーションに応戦することだ。そのために目標からずれ、そして破壊的なハイパーシミュレーションとして作用する。(2)

人々はすべてを手中に収め、略奪し、食いつくし、操作したくてたまらない。観察したり、解読したり、学んだりすることなど上の空だ。彼らが群をなして心を動かされるのはただ操作することだけだ。主催者は(芸術家も知識人も)このコントロール不可能な欲望にたじろいでいる。というのも主催者は大衆がこの文化のスペクタクルで知識を得ることしか期待していないからだ。そのうえこんな生き生きとして破壊的な魅惑、理解できない文化的贈物に対する唐突で独特な反応、どう見ても聖地侵入や聖地荒らしに似たアトラクションなど彼らには思いも及ばないのだ。

ボーブールはオープニングの翌日に、群衆の力で分解され、盗みとられて消え去り得たし、そうあるべきだった。それこそ文化の透明性と文化的民主主義というばかばかしい挑戦に対する唯一の答えであり得たのだ——ひとりひとりが物神化された、あの文化の物神であるボルトをもぎ取って。

人々は触りに来る。彼らはまるで触っているかのように見、彼らの視線は触覚的操作の一側面にすぎない。大切なのは触覚的世界であって、視覚や言語の世界ではない。つまり人々は再現や距離、あるいは反映のような秩序とは何の関連もない、操作し／操作され、振り分け／振り分けられ、循環し／循環させる、といったプロセスに初めから巻き込まれている。それは何かパニックに、そしてパニック的世界にも似ている。

外からはうかがい知れぬゆるやかに進行するパニック。それは全体が飽和状態に達した内部に起こる暴力だ。つまり内破。

ボーブールが燃えるなんてまずあり得ない、その先に何があるかはわかっている。火災や爆破、破壊なんか、この類の建造物にふさわしい手段ではない。内破こそサイバネティックで、組み合わせ的な《四次元》世界の廃絶にふさわしいあり方なのだ。

転覆とか暴力的破壊などは生産の様式に対抗する手段だ。ところが回路や組合せ、そして流れの世界に対抗するのは逆転と内破だ。

したがってさまざまな組織、国家、権力などについても同様だ。つまり矛盾が原因でそれらすべてが砕け散るのを目の当りにするなんていう望みは、まさに夢でしかない。現実に起こりつつあることは行きすぎた組織の細分化、フィードバック、管理の回路が原因でさまざまな組織が自ら内破する。権力が内破する、これこそ権力消滅のアクチュアルなあり方なのだ。

都市も同様。火災、戦争、ペスト、革命、犯罪地帯、カタストロフ、つまり反都市、都市に関する内在あるいは外在する否定的な問題のすべては都市の本質的な消滅の様式にしては、どこか古風だ。

地下都市のシナリオ——中国版地下都市構造——は素朴だ。都市は、いまだに生産の一般的図式に依存している再生産の図式に従って、あるいはいまだに再現の図式に拠っている類似の図式に従って、同じものが現われることはもはやない(だからこそ第二次世界大戦後、まだ修復している)。都市が蘇ることはあるまい。たとえそれが地下であろうと——都市とは凝縮されたサイバネティックな記憶に基づいて、無限にくり返し得るある種の遺伝子的コードによって作り変えられるのだ。領土が地図と共存したり、全領土の複製というボルヘスのユートピアさえ終った。今日、シミュラークルは複製と再複製ではなく遺伝的ミニアチュア化によるのだ。そこでもまた忘却もなく、誰のものでもない極めて小さい記憶の中で、あらゆる空間の再現と内破は終りを告げる。非可逆的で内在し、ますます高密度化し、潜在的飽和状態にある秩序のシミュレーションは、もはや何かを解放に導く爆発など決して起こさないだろう。

われわれはかつて、解放をもくろむ暴力的なひとつの文化(合理性という)であった。たとえそれが、資本や生産力の解放や、理性と価値領域の非可逆的拡大や、世界中に拡がる、征服され植民地化された宇宙などの合理性であろうと——社会体の未来の力や社会体のエネルギーの先廻りをして起こる革命的暴力であろうと——図式は同じだ。その図式とはゆるやかに、あるいは急激に変化するさまざまな局面をそなえた膨張する領域の図式であり、解放されたエネルギーの図式——つまり栄光を夢見ることだ。

それに伴う暴力とは拡大する世界を生む暴力、つまり生産の暴力だ。この暴力こそ弁証法的であり、エネルギーに満ち、カタルシス的だ。それこそわれわれが分析することを学び、われわれにとってなじみ深い暴力であり、社会体の行方にレールを敷き、社会体のあらゆる領域を飽和に導くものだ。それは確定的で、分析的で、解放をもくろむ暴力なのだ。

ところが今、どう分析してよいのかさえわからぬ全く別の暴力が現われる。というのは、その暴力が外に向かって爆発する伝統的な暴力の図式からはみ出るからだ。あるシステムが拡大して生じるのではなく、恒星の物理的システムがそうであるようにシステムの飽和と収縮から生じる内破的暴力がそれだ。（知識、情報、権力の）ネットワークの過密さ、そしてすき間に生ずるあらゆる摩擦を包囲する巨大なコントロールなどにさらされた社会体は過度に密度を増し、システムは過度に規制され、その結果起こる暴力だ。

われわれがこの暴力を理解し得ないのは、われわれの想像性が膨張しつつあるシステムの論理を追っているからだ。それが不確定だからこそ解読できないのだ。その暴力は不確定な図式にさえ属さないだろう。なぜなら、確定と因果律の伝統的なモデルを引き継いだ不安定な数々のモデルは、根本的に同じものだからだ。それらのモデルは、一定して膨張するシステムの過程を支離滅裂に生産し、膨張するシステムに置き換える――たとえそれが星になろうと、リゾームになろうと大した問題ではない――エネルギー非連続、緊張放射、欲望の分子化といったあらゆる思想は、同一の方向、つまり、すき間さえ飽和状態にし、無限にネットワークを張る方向に向かう。質量と分子の差は、膨張するシステムの根本的なエネルギー増大プロセスの中にあるおそらく最後の、モジュレーションでしかない。

それとは別に、もしわれわれが、いわば限度いっぱいまで放射しつくした後に、千年にもわたるエネルギーの解放と非連続性という段階から内破の段階に、あるいは社会体の逆転という段階に移行すれば（こんな意味でバタイユの語る損失と支出の概念、そして彼が奢侈に関する人類学の基礎を築いた無尽蔵の輝きという太陽の神話をも見直してみよう。これは現代思想の破壊的で輝かしい最後の神話であり、まさに普遍経済学の最後の花火だ。だがこれはわれわれにはもう意味がない）――ある分野の途方もない逆転は、いつか飽和点に達する。恒星のようなシステムもまた放射エネルギーをたとえ使い尽しても存在し続ける。つまりそのようなシステムはまずゆるやかに、そして徐々に速度を増しながら内破するのだ――それらは驚くべき速さで収縮し、まわりのあらゆるエネルギーを吸収する内巻き状のシステムと化し、ついにブラックホールになる。そこでは、われわれがエネルギーの無限な放射と潜在能力を持つものとして理解してきた世界は消滅する。

おそらく巨大な都市は――仮にこの仮説に意味があれば、都市は確かに――こんな意味で内破の中心となった。社会体の吸収と消滅の中心、つまり資本と革命という二重の概念と同時代の黄金期の社会体は、たしかに時代遅れになった。すでに政治をとり囲んでいる慣性の場で社会体は徐々に、あるいは急激に退行する。（逆エネルギー？）ちょうど進化や革命と反対の項《テルム》を強調しつつ言語がわれわれに内破を強制するように、内破を否定的で、無気力で、退行的なプロセスだと取り違えぬよう気をつけるべきだ。内破とは予測しがたい結果を招く特殊なプロセスだ。六八年五月はまちがいなく最初の内破的エピソードだった。というのは、革命的な雄々しい言葉でリライトされた物語とは逆に、それは社会体の飽和状態に対する最初の強烈なリアクションであり、社会体のヘゲモニーに対する挑戦だった。そのうえ社会体により重大な結果をもたらそうと――今でもこんな空想に支配されているが――考えていた参加者のイデオロギーとさえ矛盾していたのだった。というのは、六八年騒動の大部分は革命的な力学と破壊的な暴力を高揚させ得たのだ。しかし時を同じくしてその場で別のことが始まったのだった。つまり決定的な点で社会体は急激に退行し、それに引き続きあっという間に権力は突然内破した。以来内破は止まることを知らない――この状況こそ深く継続している。つまり社会体、組織、権力の内破が――比類なき革命的力学は全く止まったままだ。それどころか、革命そのもの、革命という観念もまた内破する。そしてこの内破は、革命そのものが引き起こす結果より重大な結果を招く。

たしかに六八年以来、そして六八年のおかげで、社会体は、砂漠と同様、広がった――参加、運営、ゆきわたった自主管理、など――だが、それと同時に社会体は六八年よりはるかに多くの複雑な点で徹底的に自己を変更し、自己の転換に近づきつつあるのだ。緩慢な地震、歴史的理性にとってそれは明瞭なことだ。

7章　ハイパーマーケットとハイパー商品

三〇キロ四方も離れた地点から矢印があなたをハイパーマーケットという大きな選別のセンターに導く、その商品のハイパー空間では、新しい社会性が用心深く練り上げられている。このハイパー空間がどのようにあらゆる地域と人口を集中し再配分するのか、どのように時間帯、交通路、実務を密集させ合理化するのか検討すべきだ――しかも職場に応じて決まった時刻に吸い込まれ、掃き出される郊外の通勤用交通機関の動きとよく似た巨大な往復運動をつくり出しながら。

ハイパーマーケットで問題になるのは、それが根本的に別種の労働だということだ。それは文化変容 (acculturation)、比較対照、テスト、コード化、そして社会判断などに関わる労働だ。つまり人々はそこにやって来て、思いつく限りの質問に答える物を探し出し、選択する。というよりむしろ人々は物を成り立たせている機能的で管理された質問に対応する答えとして自らやってくるのだ。物はもはや商品ではない。というのは、物は人が解読したり、その意味やメッセージを手中に収めてきたような記号そのものでもなく、それらはテストであり、物こそわれわれに問いかけ、われわれはその問いに答えるように義務づけられ、その答えは問いの中にある。あらゆるメディアのメッセージはこれとよく似た働きをしている。つまりメッセージは情報でも、コミュニケーションでもなく、意見調査や絶えざるテスト、循環する答え、コードの確認だ。

そこには視線が定まらなくなる恐れのあるレリーフや遠近法や、焦点に向かう線などがあるのではなく、ハイパーマーケット全体が一枚のスクリーンだ。そこには商品の広告パネルと製品そのものが切れ目のないショーケースの中で、互いにまるで等価で連続する記号のようにたわむれている。消費者の、採取にも似た動作がいくつかの穴をあけた場所を、スクリーンの前を、つまりそのショーウィンドーの表面を修正するためだけに雇われた従業員がそこにいる。セルフサービスがこの奥行きの消滅をさらに強調する。つまりそれは媒介者のいない、均質な空間であり、人と物を結びつける直接操作の空間だ。だが一体何が何を操作するのだろう。

このシミュレーション世界には抑圧でさえ記号となって溶け込んでいる。抑止と化した抑圧とは説得世界の中にあっては、つけ足しの記号でしかない。盗難防止用のテレビ回路自体がシミュラークルの舞台装置の一部だ。あらゆる点で完璧な監視をするためには商店そのものより厳重で、凝った管理装置が必要になるにちがいない。だがそれでは割に合わないだろう。だからこそ抑圧の暗示や、その類の《記号作り(faire-signe)》がそこに置かれる。この記号は他の全ての記号と、たとえそれが全く逆の命令であろうと、共存し得る。例えば巨大な商品広告パネルでさえ、あなたをきわめて冷静に、リラックスさせて物を選ばせてしまう。こんな広告パネルの実体は《警察》テレビと同じくらい綿密に、あるいは同じくらい少々、あなたを待ち伏せし、監視している。そのテレビはあなたを見つめ、あなたは他人とまじった自分をその中に見出す。それは消費活動という銀箔のない鏡であり、この世界を自分に向けて閉じる二分割と二倍化という遊びだ。

ハイパーマーケットは、そのマーケットを点々とばらまき、マーケットの補給を約束する高速道路や、地上に敷きつめられた自動車が形づくる駐車場や、コンピュータの端末などと不可分だ——さらにその遠方の同心円上にある——さまざまな活動の完璧なまでの機能を写し出すスクリーンのような町全体とも不可分だ。ハイパーマーケットは、絶え間ない合理的な拘束で流れ作業につながれる代わりに、流動的で拡散する係員（あるいは忍耐強い人）が任意の回路通りに流れの一点から一点へと移動するかのような印象を与える点を除いて、大きな組立て工場と似ている。時間帯、選択、購入などもまた任意だから、労働の実践とは異なる。とはいうものの、それはまさしく一連の流れであり、プログラム化された規律だ。だがそこでは禁止事項が許容や便宜そしてハイパーリアリティーの上塗りの下で見えなくなっている。ハイパーマーケットとは工場や資本の伝統的機構の向こう側にあり、管理された社会化のあらゆる未来形のモデルだ。つまり、肉体や社会生活のさまざまな機能（労働、レジャー、食品、衛生、交通、メディア、文化）のすべてを均一な時＝空間に再統合し、またそれは矛盾する流れのすべてを集積回路に転写し、また社会生活を操作するシミュレーションの時＝空間であり、まさしく住まいと輸送機構の時＝空間だ。

計画的な先取りモデルであるハイパーマーケットは、（特にアメリカで）人口密集地が発生する以前に設置され、このハイパーマーケットが人口密集地をつくり出す。ところが、伝統的なマーケットは街の中心にあり、都会と田舎が共に出合う場だった。ハイパーマーケットには生活様式がそっくり写し出されるが、そこにはもはや田舎も都会も見当らない。隅から隅まで標識がつけられた機能的な都市区画——《人口密集地》にとってかわられたのだ。したがってハイパーマーケットは、消費と等価であり、消費のマイクロモデルだ。ところがハイパーマーケットの役割は《消費》をはるかに超え、そこにあるものには、もはや特定の現実がない。つまりそこで最も重要なことは、物が系統立って並んでいて、ひとまわりできるような形で、眼を見張るほど華やかに配置されていることだ。つまりそれは社会関係の未来モデルだ。

だからこそ、ハイパーマーケットの《形態》は、近代性《モデルニテ》の終焉がどんなものであるかをわからせてくれる。大都市は、およそ一世紀（一八五〇〜一九五〇年）のうちに《モダンな》（多くの百貨店が、差こそあれこんな名前をつけている）百貨店が生まれるのを見てきた。しかし、だからといって交通機関の近代化と深い関わりのあるこの根本的な近代化が、都市の構造を激変させることはなかった。都市はいぜん都市のままだった。ところが新興都市は、ハイパーマーケットや、ショッピングセンターにより衛星化され、計画的な交通網が敷かれ、都市であることをやめ、人口密集地になってしまった。新しい形態発生が姿を現わした。それはサイバネティックスのタイプに属し（例えば、所有地や、住宅、移動などのレベルで発生学的な情報指令コードである分子の情報指令のシナリオを再生する）、それは核と衛星軌道の形をしている。まず核としてハイパーマーケットがある。どんな新興都市もこの核を吸収することはできない。それどころかこのハイパーマーケットが軌道を敷き、その上を人口密集地が動くのだ。ハイパーマーケットは新しい集合体に対して移植組織片の役目を果たす。それはちょうどしばしば大学や工場が同じ働きをするように——工場といっても、それは一九世紀の工場や、都市の軌道を壊さぬように郊外に置かれる非集約的な工場ではなく、自動化され、エレクトロニクスによって制御され、機能と作業工程とが何の結びつきもない、アッセンブリー工場のことだ。ハイパーマーケットや新しい大学と同じように、このような工場では、自治と移転が可能な（商業、労働、学習、レジャーのような）機能（それは、都市が《モダン》であることをより一層示しているが）とはもはや何のかかわりもなく、その工場で人々がかかわるのは、機能崩壊のモデル、機能不確定のモデル、都市そのものの崩壊モデルだ。そのモデルは都市の外に移植され、ハイパーリアルのモデルとして、都市とは何の関係もない合成的な人口密集地の核として扱われるのだ。衛星都市とは、まさしく都市そのものの否定であり、たとえ近代都市であっても都市の終焉を意味する。むろんそれは質の高い確定された空間であり、ひとつの社会の最初の総合だ。

このような移植行為は、さまざまな機能の合理化とみあっていると考えられがちだ。ところが実際には、機能がその場で《すぐにも使える》ところにまで完全に計画されるようになるほど徹底的に特殊化されれば、その瞬間から、機能は本来の目的を失い、全く違ったものになる。つまりそれは多機能的な核、複雑なインプット＝アウトプットをもつ《ブラックボックス》の集合体、伝達と構造を破壊する核になる。このような工場や大学は、もはや工場でも大学でもなく、したがってハイパーマーケットは、もはやマーケットとは似ても似つかぬものだ。新しい奇怪なもの、原子力発電所はおそらくそんな奇怪なものの完璧なモデルにちがいない。そしてこの奇怪なものからある種の中立地帯、ある種の抑止力が放射状に拡がっている。この中立地帯や抑止力こそが、奇怪なものの見かけの機能の背後で、本来の機能を担っている。つまりそれは、すっかり様がわりした機能的核というハイパーリアリティーだ。これらの新しいものこそ、シミュレーションの極で、この極の周りに、古い駅や工場、あるいは伝統的な交通網とは異なり、《近代性》とは別の、何かが入念に作りあげられている。それはハイパーリアリティー、過去も未来もないあらゆる機能の同時性、どのような方向にさえも有効な操作性などだ。恐らく危機や新しいカタストロフについても同様だ。例えば六八年の五月〔事件〕は、〔パリ郊外にある〕ナンテール校で始まったのであり、ソルボンヌからではなかった。ナンテール校はフランスで初めて学問の場を《大学の壁の外》でハイパー機能化させたところだ。それは、プログラムに管理された新＝機能的な集合体の中で、学問の領域を解体し、学問への愛着を失わせ、学問の機能と目的とを喪失させることでもあった。照合系を失ったモデル（知と文化）が軌道衛星化し、それに反発して新しい根源的な暴力がそこに生まれたのだ。

8章　メディアの中で意味は内破する

われわれは、ますます情報が増し、意味が次第に減少する世界にいる。その三つの仮説は次の通りだ。

――情報は意味を生産する（ネグエントロピー的なファクター）。だが、あらゆる局面で意味作用の急激な損失を補い得ない。メディアをかりてメッセージや内容を再注入しようと心がけるが、結局意味の損失や消尽の速度の方が再注入よりはやい。このような状況では衰えたメディアと交代するために、土《バ》台《ース》の生産性を喚起しなければならない。言論の自由のイデオロギーや、番組が無数の個々の細胞のように増殖したメディアのイデオロギーは、まさにこれだ。そのうえ《反・メディア》（海賊放送など）もまた。

――情報は意味作用とは何の関係もない。それは別のことだ。文字通り意味と意味の循環の外側にある別の次元の操作的モデルだ。これがシャノン（Shannon）の仮説だ。つまり純粋に機械的な情報の領域での仮説によれば、技術的メディアは意味の合目的性とは関わり合いがないのだから、価値判断の際には、意味も情報も対象の外におかれるべきだ。情報はある種のコードだ、発生のコードが、まさにそうであるように。つまりコードとはコード以外の何物でもなく、それなりに機能し、意味やその他のことがらはいわば後からついてくる。ちょうどモノー（Monod）が『偶然と必然』で語るように。この場合、情報の増大と意味の下落との間には、単にはっきりした関連がないだけなのかも知れない。——あるいは、それとは全く逆に、情報が意味と意味作用を直接破壊するか、意味と意味作用を仲裁する限りにおいて、両者の間には厳密で必然的相関関係がある。意味の喪失は、メディアとマスメディアの情報の抑止的解体作業と直接結びついているのだ。

仮説、それは最も興味深いことだ。だが仮説は世間一般が認めていることに逆らうことでもある。社会主義化の度合は、どこでもメディア的メッセージの露出具合で測られる。メディアの光に照らされないものは、社会主義化から遠いものであり、いわば反社会的なものだ。情報はいたる所で検閲され、意味の加速度的循環や、資本の加速度的ローテーションが巻き起こす経済的剰余価値と同じような、意味の剰余価値を生産する。情報はコミュニケーションの創造者として与えられ、たとえ浪費が莫大であろうと、一般的コンセンサスはそれでも結局社会体のすき間にくまなくゆきわたらせるほど、意味が過剰に生産されるのを望むのだ——まるで運営の困難さや非合理性にもかかわらず物質の生産がより多くの豊かさと、社会的究極目標への突破口を開くことを、コンセンサスが待ち望んでいるのと同じように。われわれは皆、この神話の共犯者だ。これがわれわれの近代性のアルファでありオメガなのだ。それなしにはわれわれの組織に対する信頼性は崩壊してしまうにちがいない。事実、組織が崩壊しているのはまさにここに原因がある。なぜなら、われわれは情報が意味を産み出すものだと思っているのに、実はその逆だからだ。

情報は自分自身の内容をむさぼり食う。情報はコミュニケーションと社会体をむさぼる。そしてそれは次の二つの理由による。

一、情報は、伝達《コミュニケ》させる代わりにコミュニケーションの演出の中で力つきてしまう。意味を産み出す代わりに、意味の演出の中で力つきる。この大がかりなシミュレーションのプロセスがどんなものかはだれもが知っている。例えば非指示的（non directif）インタビュー、発言、視聴者の電話、どこのだれでも参加できること、発言に対する脅し、つまり《あなたに関することですよ、事件は君自身だ、など》。情報は次第にコミュニケーションといううつろな内容、同種療法的つぎはぎ、コミュニケーションという白昼夢などで侵されてきた。それは観客の欲望やコミュニケーションという反＝演劇を点々と円形に配置し、演出することであり、衆知の通り、それは伝統的な制度を否定的にリサイクルしただけにすぎず、否定を積分するサークルにすぎない。このシミュラークルをなんとかつなぎ止めようとして、そして当然、われわれが意味を根本的に失ってしまう現実に直面するかも知れぬ激しい脱シミュレーションをさけようとして、莫大なエネルギーが使われた。

　コミュニケーションを失ったから、シミュラークルの中でこんな類のせり上げが増すのか、それともあらゆるコミュニケーションの可能性を事前に断つ（実在に終止符を打つモデルの先行）抑止的目標を担ったシミュラークルが、まず存在したのか、などと問うのは無駄だ。どちらが先かなどと問う必要もない。初めも終りもないのだから、それは円を描くプロセスだ——シミュレーションのプロセスも、ハイパーリアルのプロセスも。つまりコミュニケーションと意味のハイパーリアル化。実在より実在らしいものが生まれ、人は実在を廃棄するのだ。

このように、コミュニケーションも社会体《ル・ソシアル》も閉ざされた回路の中で機能する。まるで擬餌のように――その擬餌に神話ともいうべき力が宿っている。情報への信仰も信頼もこのような同義反復的根拠に結びついているので、システムは記号の中で自己を再生しながらどこにも存在しない現実を産み出してしまう。

だが、このような信仰は原初《アルカイツク》の社会が神話と結びついているのと同じくらい多義的だと考えてもいい。それを信じそしてそれを信用しない。疑問をさしはさまないことだ。《よくわかってる。でもやっぱり》と。大衆、そしてわれわれひとりひとりは、このシステムがわれわれを閉じ込めている意味とコミュニケーションのシミュレーションに対して、ある種の逆シミュレーションという手段で応えるのだ。つまりシステムの同義反復には両面価値で、抑止には無関心あるいはいつでも謎めいた迷いの信仰で応えるのだ。神話は存在する。だが人々がそれを信じてきたことを信じないように気をつけねばならない。というのは大衆は無知で間抜けなものだという前提でしか行動できない批判精神の罠とは、まさにそれだからだ。
二、コミュニケーションの大がかりな演出の裏で、マスメディア、情報は猛烈に、社会体を立ちなおるすきも与えず破壊する。だから情報は意味を解体し、社会体を解体する、しかもそれは技術革新のためではなく、それとは反対にエントロピーの総量に捧げられたある種の混沌の中で。(1)
したがってメディアが内破の実行者であり、社会主義化がその実行者ではない。それはちょうど大衆の中で社会体が内破するのと逆だ。そしてこの事実は記号の顕微鏡的レベルにおける意味の内破を肉眼で見える程度に拡大しただけだ。この内破はマクルーハンの、メディアはメッセージだという理論で分析するべきだし、われわれはまだその理論の結果を使い切ってしまったわけではない。

意味のあらゆる内容が、メディアという主要な、ただひとつの形に吸収されてしまった、という見解に立てるようだ。メディアだけが事件を起こすのだ——その内容がたとえ秩序に順応するものであろうと、秩序を破壊するものであろうと。海賊放送、アンチ・メディアなど、といったあらゆる反情報にとって、これは深刻な問題だ。だがマクルーハン自身、まだ結論を引き出し得なかった重大なことがある。それは、ありとあらゆる内容の中性化の向こう側で、再びメディアが形式通りに機能したり、メディアのインパクトを形式として使いながら実在を変換させたりできるのではないかと望みをつなぐこともできるからだ。あらゆる内容が消失したとしても、もしかしたらメディアそのものの革命的で秩序破壊的な使用価値がまだあるのかも知れない。そこでこそマクルーハンの公式が極限に至るのだが——メディアの中にはメッセージの内破だけがあるのではなく、それと同時に実在の中にはメディア自身の内破があり、ある種の混沌としたハイパーリアルの中にはメディアと実在の内破が存在する。そこではメディアの定義とメディアの明白な作用さえ、さだかではない。

メディアそのものでさえ近代性の特徴ではなく、その《伝統的》な立場《ステータス》はもはや問題にならないだろう。マクルーハンの、メディアはメッセージ、シミュレーション時代の鍵とも言えるこの公式（メディアはメッセージ——発信は受信——あらゆる極の循環性《サークル》——監視的で透視的な空間の終り——これこそわれわれの近代性のアルファとオメガだ）。この公式自体つぎのような極端な場合には検討されねばならない。つまり、すべての内容とメッセージがメディアの中で蒸発した後で、今度はメディア自身がメディアとして蒸発するときには。だがメディアに信任状を与えるのはいまだにメッセージであり、メッセージこそメディアに明白で、決定的なコミュニケーションの仲介者にふさわしい立場を与えている。メッセージがなくては、メディアもまた、現代の特徴である判断と価値の大きなシステムがかかえている不確実な性格と同じ運命をたどってしまう。たったひとつのモデル、その力は無媒介(immédiat)だ、だからそれがメッセージとメディアと《実在》を一挙に産み出すのだ。

要するに、メディアはメッセージだ、というのはメッセージの終りだけを意味するのではなく、メディアの終りをも意味する。文字通りのメディアなるものはもはや存在しない（私は特に大衆《マス》のエレクトロニクス・メディアに注目しているのだが）――つまりある現実ともうひとつの現実、ある実在する状態ともうひとつの実在する状態とを媒介する力のある機関はもう存在しないのだ。それは内容にも、形式にも存在しない。まさしくこれが厳密な意味で内破というものだ。互いに極を吸収し、意味の差異を生み出すあらゆるシステムの極の間を短絡し、項、そして明確に対立するものを砕き、その結果メディアと実在が吸収される――だからこそ、あらゆる媒介、二つのものの間あるいは相互の弁証法的介入は不可能だ。あらゆるメディアの効果は循環する。ひとつの極から他の極に導く文字通り一方通行という意味での方向づけは不可能だ。危機的だが初めて出合うこの状態を究極まで考察しなければなるまい。なぜならこの状態だけがわれわれの手にゆだねられているからだ。内容の力で革命を夢見るのは無駄だし、形式の力で革命を夢見るのも無駄だ。なぜならメディアと実在とは、実のところ見分けのつかぬたったひとつの混沌でありつづけるのだから。

内容の内破、意味の吸収、メディア自身のはかなさ、そしていつでもモデルが循環する中でコミュニケーションの弁証法が消え去り、大衆の中で社会体が内破するような確かな事実は危機的で絶望的な様相を見せるかも知れない。だが、そのように見るのはしょせん、われわれ流の情報のとらえ方を支配している、観念論に照らし合わせれば、のことだ。われわれは皆意味とコミュニケーションの熱烈な観念論と、意味によるコミュニケーションの観念論の中に生きている。そして、このような立場からみれば、意味のカタストロフがわれわれをつけねらっているのは確かだ。

そうだとすれば、《カタストロフ》という言葉には《カタストロフィック》という意味、すなわちシステムがわれわれに強要する蓄積とか、生産性を目標にするような、線状的視野でとらえた終局とか全滅という意味がないことを確認しなければならない。その言葉の語源は曲線を意味するだけだ。それは《事件の消失線》と名づけてもいい場に誘導し、越えられない意味の消失線に誘導する下降螺旋のことだ。つまりその向こう側ではわれわれにとって意味あることは何も起こらない——だからこそ、期限ギリギリに、虚無的に、二度とカタストロフを起こさないためには意味の最後通告から逃れさえすればいい。今われわれが想像するカタストロフとは、こんなものだ。

意味の向こう側には、魅惑《ファシネーション》がある、それは意味の中立化と内破から生まれる。社会体の消失線の向こう側には大衆がある、それは社会体の中立化と内破から生まれる。

今重要なことはこの二重の挑戦を評価することだ——大衆と大衆の沈黙による意味に対する挑戦（消極的抵抗などでは決してない）——メディアとメディアの魅惑がもたらす意味に対する挑戦だ。意味を蘇らせようとするどんなマージナルで相対的な試みでも、それに比べれば二義的なものだ。

むろんこのような大衆とメディアの錯綜した出合いにはパラドックスがある。例えば、意味を中立化し《形のない《アンフォルム》》（あるいは情報化《アンフォルメ》された）群衆をつくり出すのはメディアなのだろうか、あるいはメディアが作るあらゆるメッセージに答えず、逸脱と吸収をくり返し、メディアに勇敢に立ち向かうのは群衆なのだろうか。かつて、《メディアへのレクイエム》〔『記号の経済学批判』〕の中で、私はメディアとは答え無きコミュニケーションの非可逆的なモデルの制度だ、と分析し（宣言し）たことがあった。だが今はどうだろう。答えがないのは当り前だ。権力が戦略的にそうしているのではなく、大衆自身が権力に逆らおうとする大衆の反＝戦略だ、とすれば？

マスメディアは大衆操作では権力側にいるのだろうか、それとも意味を消し去ったり、意味に対してふるわれる暴力と、魅惑される点では大衆側にあるのだろうか。大衆を魅惑に誘い込むのはメディアなのか、それとも大衆がメディアを見世物の中に逸脱させるのか。モガディシオ＝スタンハイム〔集団自殺したドイツ赤軍派〕のように、メディアは政治的目的でテロリズムに対する道徳的非認や、恐怖心を覚醒させる媒介者になる、だがそれと同時にあいまいさの極みの中でメディアは、テロリストの行為に対する粗暴な魅惑をも流布する。メディアが自ら魅惑に向かう限り、メディアはそれ自体テロリストなのだ（解決なき道徳的ジレンマだ。ウンベルト・エーコを参照。そこではいかにテロリズムについて語らずにすませるか、メディアの好ましき使用法の発見が語られている——だが、そんなものはないのだ）。メディアは意味と反意味を運び、メディアは一度にあらゆる方向に操作し、何者もこのプロセスをコントロールすることはできない。メディアはメビウスの環や循環する論理に従って、システムの内的シミュレーションをシステムに、そしてシステムの破壊的シミュレーションを、伝播する――これでいいのだろう。それに代わるものはないし、論理的解決もない。あるのはただ論理的激化とカタストロフィックな解決だけだ。

もっとやさしく語ってみよう。われわれは二重で解き難い《二重拘束《ダブルバインド》》〔Grègory Bateson〕という状況にあるシステムに直面している――それはちょうど子供が大人の世界のきむずかしさに直面しているのと同じだ。子供は自分を主体として自立し、責任もあり、自由で自覚的な存在となるように要求され、と同時に従順な客体として内在し、服従し、順応した存在であることを要求される。子供はそのあらゆる局面と矛盾だらけの要求に抵抗し、子供は二つの作戦で対応する。客体であれ、という要求には、子供は聞きわけがなかったり反抗したり、わがままなどの実力で対抗する。つまり主体であることを何がなんでも要求するのだ。主体であれ、の要求には、子供は、頑固にそして効き目のある方法で客体として抵抗する。つまりちょうど逆に、例えば子供っぽく振舞い、超順応的になり、言いなりになり、受動的で、愚かな振舞いをする。二つの戦略のどれにも客観的価値はない。主体としての抵抗は今日一方的に価値を増し、積極的な地位を保った――と同様に政治の局面では自由、解放、表現、政治の主題である憲法、などの活動のみが価値あるもの、秩序破壊的なものとして支持された。それはあらゆる客体としての活動や、主体と意味の地位を放棄することと、対等か優位にあるにちがいないインパクトを知らずにいるからだ――まさしくそれが大衆の活動だ――だからわれわれは疎外と受動を、さげすむべき表現と見なして隠したがる。

解放をめざす活動はシステムのあるひとつの斜面、つまりわれわれを純粋な客体にさせる不変の最後通告に応える。だがわれわれを主体にしたり、われわれを解放したり、何がなんでもわれわれに表現させたり、投票したり、生産したり、決定したり、語ったり、参加したり、ルールを守ったりすることへの要求には全く応えない――脅かしと最後通告はそれ以外の要求と同じ位重要な問題だ、現在最も重要にちがいない。圧制と抑圧が議論の的であるシステムに対する戦略的抵抗は、主体の解放を要求することだ。だがそんなことは、どちらかといえばシステムの過ぎ去った一局面を写している。たとえわれわれがまだそんな局面に直面していようと、それはもはや戦略的でさえない。というのはシステムがいま議論の対象にするのは、言葉と意味の生産を極限にまで氾濫させようとすることだ。したがってこの場合の戦略的抵抗とは意味と言葉を拒否する抵抗ということになる――あるいはシステムのメカニズム自身に超順応主義的シミュレーションで抵抗する。それは拒否と非＝受理（non-recevoir）というあり方だ。これが大衆の抵抗であり、それはシステムに向かってシステムの論理を倍増させつつ、その論理を投げ返し、鏡のように意味を吸収せず、その意味を投げ返す行為にも等しい。こんな戦略（戦略という言葉を今もなお語ることができるとすれば）には、目下のところ勝ち目がある、なぜならシステムはこのような局面で勝利をおさめたからだ。

　戦略を誤っては重大なことになる。自由や解放をめざしたり、歴史上の主体や組織や、自覚に関する言葉、そのうえ主体と大衆の《無意識の自覚》だけを蘇らせようとするあらゆる運動は、大衆が進んでシステムと同じ道を歩いていることを、そしてそのシステムが今、何がなんでも手に入れようとするのは、意味と言葉《パロール》の超生産（surproduction）とその刷新だ、ということに気付かないのだ。

9章　絶対広告と零広告

われわれはまさしく広告《パブリシティ》という形《モード》の中に、仮の表現様式のすべてを摂り込んで生きている。あらゆるオリジナルな文化の形態や、明瞭な言語のすべてが広告という形の中にのみ込まれてしまう、なぜならそれは奥行きもなく、インスタントで、瞬時に忘れ去られるものであるからだ。それはうわべだけの形態の勝利であり、あらゆる意味作用の最小公分母であり、意味の零度であり、考えつく限りの比喩（trope）のエントロピーの勝利だ。最も低い記号エネルギーの一形態でもある。過去も、未来も、メタモルフォーズの可能性さえない不明瞭でインスタントなこの形態は、それが最後の形態だからこそ他のあらゆる形態に力を及ぼす。今、眼に映る活動形態のすべてが広告を指向し、そこに至って、大部分が消耗してしまう。広告として登場するいわゆる広告だけが必ずしもそうだというわけではなく、むしろ簡単に操作でき、どことなく誘惑されそうで、なんとなく合意で成り立っている形態をもつ、広告的な形態をしたものも同様だ（あらゆる様式がそこではごちゃまぜになりながらも、弱々しく苛立った様式で成り立っている）。一般的に、広告の形態は、特異な内容すべてが、互いに互いを転写しあうまさにその瞬間に、その特異な内容は相殺される。ところが、《重苦しい》表現《エノンセ》や、明瞭な形の意味（あるいはスタイル）などの特徴を持つものはゲームのルールと同じように、相殺しあって表現されることはできなくなっている。

このような表現の可能性をさぐる永い思考の過程、そしてそれゆえにあらゆる組み合わせの可能性とは、あらゆる事物の表面的な透明性や、その絶対広告の組み合わせであり（職業的な広告とはエピソードのような形式にすぎないことを再度ことわっておく）、それらは宣伝《プロパガンダ》がひきおこすさまざまな出来事をきっかけにして読み解くことができる。

広告《パブリシティ》とプロパガンダは十月革命と一九二九年の世界大恐慌を契機に規模を拡大した。思想の大量生産あるいは商品の大量生産がもたらしたこの二つの大衆用語の特徴は、初期には別々であったが次第に接近した。プロパガンダは、《商品イメージ》を使って政治家とその政党の主たる思想（idées-forces）のマーケティングとマーチャンダイジングに成長した。プロパガンダは競争社会に存在する独自で偉大な本物の思想の力を運び得るモデルを広告に見出し、接近した。それは商品と商標だ。この両者の一致こそひとつの社会、われわれの社会を決定した。そこには経済と政治の差はもはや存在しない。なぜなら同じ用語がひとつの社会の端から端まで支配し、文字通りエコノミーポリティック（経済学）というひとつの社会がとうとう完全に現実のものになった。つまりエコノミーとポリティックは特殊な機関として溶解し、（社会矛盾という歴史上の流行のように）まるで夢のごとく、矛盾のないひとつの言語の中に吸収され決着がついた。というのは、それらが単に表面的な激しさで、ざっと通りすぎたからだ。

政治言語のつぎに社会体の言語そのものが、広告の苛立った言語特有の魅惑的なさそいの中でごちゃまぜになろうとし、社会体が自己宣伝を試み自己の商品イメージを押しつけながら人々から選ばれようとする、その時、一歩進んだ段階に至った。つまり、社会体が担ってきた歴史的宿命から、あらゆる分野に自己宣伝を行き渡らせつつ、社会体は《共同事業》という地位に下落した。ひとつひとつの広告がどんな社会的剰余価値を生み出そうとしているか、見るがいい。宣伝（werben）、そしてまた宣伝（werben）——社会体のさそいはいたるところで目につく。壁に、女性アナウンサーの熱っぽいが気迫に欠けた声に、低く高く響くテープ音とわれわれの眼下で動きまわる多様な音声のテープ像の中に。社会性《ソシアリテ》はいたるところに現われる、絶対的な社会性は絶対広告の中で実現した——つまり社会性もまた完全に溶解したのだ。社会性、それは広告のくり返しですぐ満足される社会的要求の、どの壁にでもある、最も単純な形をした幻覚の名残りだ。社会体がシナリオなら、われわれは物狂おしい観客なのだ。

このように広告の形態は、他のすべての言語を犠牲にして発展せざるを得なかった。レトリックはますます中性化し、等価になり、凝ることもなくなった。イヴ・ストゥルゼ（Yves Stourdzé）なら《非統辞法的な星雲》（nébuleuse asyntaxique）と言っただろう。それがわれわれを四方八方からとり囲んでいる（そして、それは大きな論争点だった《信仰》と効率の問題を除去してしまう。つまり広告の形態は記号内容を提供しようとはせず、かつて明確に区分されていたあらゆる記号の簡略化された等価物を提供し、そしてまさにこの等価という手段でそれらの記号を抑止する）。これは現在の広告の力の限界とその消滅の条件を決定する。なぜなら今や広告は賭けられるものでさえなく、それは《風俗の範疇に加わり》それと同時に二〇年前には広告が担っていた社会的、倫理的ドラマトゥルギーから抜け出たからだ。

人々が広告をもはや信じなかったり、広告を慣習のように受け入れてきたからではない。もし広告があらゆる言語を簡略化した力で魅惑したとすれば、その力こそ、今もっと簡略化されて操作性のよい別のタイプの言語、つまり情報言語は、広告にとって好都合なのだ。広告及びそれと同等の主要なメディアがわれわれに提供するシークェンス、テープ音とテープ像のモデル、広告が提供するディスクールの組み合わせ可能な均等分割モデル、広告が、環境として仕上げ、いまだに使われている修辞的な音、記号、サイン、スローガンなどの連続体は、とっくの昔に過去のものになった。今世紀末の地平線上にくっきりとその姿を現わし始めた磁気テープや、エレクトロニクス的連続体による、まさしくシミュレーションの動きの中で。広告がまだ想像性に満ち、華やかな頃につつましくたどったのと同じ道を、マイクロ・プロセス、デジタル性、サイバネティックス言語などの絶対的簡略化をもくろむプロセスは、もっと常軌を逸してたどるだろう。なぜならそのシステムは先に進みすぎ、かつて広告のものであった魅力を、今やそのシステムが集中して引きうけているからだ。情報理論言語による情報、これこそ広告の支配に終局をもたらすものだろう。いや、早くも終止符を打っている。だからそれが怖がらせもするし、情熱をかき立てもするのだ。広告への《情熱》はコンピュータと、日常生活のミニ情報化に移ってしまった。

こんな変化を予見する情景が、フィリップ・K・ディックのパプーラに描かれていた。〔パプーラという〕そのトランジスター化された広告、移植片、ある種の受信吸盤、体にとりつけられたエレクトロニクス寄生物から逃げるのはきわめて困難だ。だがパプーラは、中間的な形式にすぎない。埋め込まれた人工補綴《ほてつ》(prothèse)ではあるが、それはまだ広告のメッセージをくり返し教え込むだけだ。だからある種の雑種といえるにもかかわらず、個人を自動操縦する心理的、情報的回路の未来を垣間見させるものだ。それに比べれば、広告の《条件づけ》は美味なエピソード程度だ。

いま、広告で最も興味深い局面は、その消滅と、広告が特殊な形で、あるいは単にメディアとして溶解することだ。広告はもはやコミュニケーションや情報の手段ではない（というより広告は一度もそんな存在ではなかった？）。あるいは、広告はいつでも選ばれようとして、進歩しすぎてしまったシステムの特殊な狂気にだまされ、自己をパロディーと化した。たとえある時、商品そのものが、商品広告であったとしても（その他の可能性はなかったが）、今日広告そのものが広告商品になってしまった。広告は自分自身をとりちがえる（広告が仮装するエロティシズムとは、自己を注目の的にしかしないシステムのオート・エロティックな指標でしかない——だからこそ、そこに女性の肉体の《疎外》を見るという不条理が生まれる）。自己のメッセージとなったメディア（だから当然自己宣伝が今後必要になるし、それを《信ずる》か否かと問うまでもない）、広告はまったく社会体と一致し、その歴史を通して強く求めてきたものは結局社会の単純な要求に吸収されてしまった。例えば、企業や、サービスの総体や、生活様式あるいは生きながらえる様式などがうまくはたらくのと同じように、社会体が機能することを要求する（社会体を救わねばならない、自然を保護せねばならぬように、社会体はわれわれの巣だ）——ところがかつて社会体そのものの企みとは、ある種の革命だったのだ。このことが消え去った、社会体はまさにこんな幻想の力を失い、需要と供給の記録簿程度に下落した。ちょうど、労働が資本と敵対する勢力から単なる雇用というステイタスに移行したように、つまり、幸福（場合によってはまれなことだが）と、どこにでもあるサービスとに。

だとすれば、労働のための宣伝をするようになるだろう、仕事を見つける喜びのような、ちょうど社会体用の宣伝をするように。本来の広告とは、まさにいま眼の前にあるのだ。つまり社会体のデザインの中に、あらゆる形で社会体をほめたたえる行為の中に、ある社会の欲求を厳密にわからせる、執拗で、頑固なまでの反復の中に。

地下鉄での民族舞踊、安全性を説く数限りないスローガン、かつてレジャーにしか使われなかった笑顔で、《あす、私は働きます》というスローガン、労使調停委員会の選挙用広告のシークェンス、つまり《私にただ一人として投票させません》——ユビ王的〔喜劇的なほど残忍で臆病な〕スローガン、自己否定の中で社会的な行為をする自由、こんなばかげた自由なんて、見るからにインチキ臭かったのだ。広告が安上りで暗黙の最後通告を長期間流し続けた後で、いまだ疲れを知らず次のように語り、反復するのは偶然ではない。《私は買い、消費し、満足する》と。これはあらゆる形で今もなお反復されている。それは《私は投票し、参加し、私はその場にいて、私はそれに関わっている》と——これは逆説的なあざけりの反映であり、あらゆるパブリックな意味作用に対する無関心さの反映だ。

逆のパニック、パニック的反応、コントロール不可能な連鎖反応のために社会体が消え得ることはよくわかっている。ところがその逆の反応でも同じ様に消え去るのだ。それは、飽和状態で、自動制御され、情報化され、自動操縦の中に隔離された、そんなマイクロ宇宙での慣性の連鎖反応の中で。広告はその反応の予見、つまりテレタイプのテープのような、記号の切れ目なき線状の芽生えだ——個々が自己の慣性の中に隔離されている。これは飽和宇宙の予言的形態だ。転用されたのに飽和で。麻酔をかけられているのにパンクしそうだ。このような宇宙の中で勢いを増すのがヴィリリオ（Virilio）の語る消滅の美だ。飽和状態で、フラクタル〔数学者 Mandel Brot が発見した理論。不規則で断片的な形のシミュレーション〕な物やフラクタルな形が、そして次々とひび割れた地帯が、その結果大量廃棄の過程が現われはじめ、それ自身で純粋に透明な社会に唖然とする。広告の記号のように、人々は自ら減速し、透明にあるいは無数になり、人々は自ら半透明に、あるいはリゾームになり、慣性の極から逃れようとする――人々は自ら軌道に乗り、電源と連なり、衛星化し、自己を記録に留める――そしてピスト〔帯状のもの〕は交錯する。つまりそこには音の帯（バンド）が、像の帯がある。ちょうど生活には労働帯やレジャー帯や交通帯などがあるように。そしてそれらはすべて広告帯で包まれているのだ。どちらを見ても三つや四つの帯〔ピスト〕があり、あなたはその交点にいる。表面的な飽和と魅惑の交点に。

なぜなら魅惑がまだ残っているからだ。絶対広告の街、ラスベガスを見るだけでいい（その五〇年代、広告が氾濫した時代の街を、そして広告が街の魅力そのものだった。今それはいわば復古だ。なぜなら広告は知らぬ間にプログラムの論理でしばられ、街は明らかに変わってしまった）。ラスベガスが夕暮れと同時に、あたり一帯の砂漠から広告の光に輝きつつ浮かび上がり、日の出と共に砂漠と化すのを見る時、広告とは壁面をにぎわしたり飾り立てるものではなく、壁を消し、露地を消し、あらゆる建物の正面を消し、構造と奥行きを消し去る。まさにこのあらゆる表面の消去と吸収（そこで動きまわる記号は大して重要ではない）こそ、われわれを驚くべき快感とハイパーリアルの中にほうり込み、われわれにはそれは他のどんなものともとり替えがたいものであり、それこそ空（vide）の形式であり、まさに誘惑《セデュクション》そのものだ。

言語はそのコピーが引きずるままにさせておく。そしてまぼろしの合理性のために最高を最悪に結びつける。その決まり文句はいつでも《皆それを信じねばならぬ》だ。これがわれわれを集合させるメッセージだ。

(J. L. Boutte, *Le Destructeur d'Intensités.*)

広告とはしたがって情報と同様、集中の破壊であり慣性の加速だ。あらゆる意味と無意味のごまかしが、広告にどれだけうんざりするほどくり返されているか見るがいい。例えばコミュニケーション言語のあらゆる手続きと仕掛けのように(接触《コンタクト》の機能、つまり、よくわかりますか? よく観てますか? いいですよ、話して下さい!――照合機能も詩的機能でさえも、暗示も皮肉も言葉遊びも無意識も)、どれほどこれらすべてがまさにポルノ映画のセックスと同様に演出されたものであるか、つまり、信用に価せず、うんざりするほどの猥褻さだ。だから今後広告を言語として分析しても無駄だ。なぜなら広告に起こったことは別のことだから。つまりそれは言語の代役(映像も〔言語と〕同じだ)であり、言語学も記号学も答えにはならない。なぜなら言語学と記号学は意味本来の操作に取り組むものだからだ。しかもそれらは言語機能のマンガ的で大幅な軌道からの逸脱や、それらの嘲弄と記号の賭け金無しの賭けという集団劇のために《消尽《コンソメ》された》と嘲弄して言うように、広い分野にむけて記号を嘲弄する戸口があることを考慮しないのだから、広告を言語として分析しても無駄なのだ。――例えばポルノが、セックスの肥え太ったフィクションであり、嘲弄の中で、あるいは嘲弄のために消尽されたセックスであり、バロック的昇華の中でセックスの空しさを集団劇にしたものであるのと同じように（というのも、バロックこそ漆喰の輝けるあの嘲弄を発明し、彫像のオルガスムスの中で必ずや修道士は失神することになっていた）。

どこに、広告計画の黄金時代があるのだろうか。それはあるイメージを通してある物を誇張し、贅沢な広告費で消費と購買を誇張することだろうか。たとえ広告が資本の運用に隷属していたとしても（だが広告の社会的、経済的インパクトに関する問いには常に解答はなく、本来解決不可能なものだ）、広告とはいつでも隷属機能以上のものであったし、経済学と商品の宇宙に張りめぐらされた鏡だった。広告はほんのひととき輝ける空想の落し子だった。引き裂かれながらも拡張する世界の落し子だった。だが商品の宇宙とは、もはやそんなものではなくなっている。それは飽和と退化の世界だ。突然、世界は輝ける空想の落し子を失い、そして鏡の段階もなくなり、ある種の喪の作業に移った。

もはや商品の舞台はない。つまりそこにあるのは猥褻で空虚な形だけだ。広告はそんな飽和でありながら空虚な形のイラストレーションだ。

だから広告にもはや領域がないのだ。何が何であるのかはっきりわかる広告は、もう意味がない。例えば〔パリの旧市場に建った〕フォーラム・デ・アルは全体が巨大なる広告物だ――つまり全体が広告効果戦略だ。それは個人の広告でも、企業の広告でもない。ましてや本当の商業センターとか建築群としての地位さえない。それはちょうどポンピドー文化センターが実は文化のセンターでないのと同じだ。このような不思議な物、このスーパーガジェットは、単にわれわれの社会的記念碑に対する概念が広告的になってしまったことを如実に示している。フォーラムのようなものが、最もわかりやすく、広告がどんなものになったか、また公共物の行き着く先が何であるかを教えている。

情報が古文書の中に、古文書ががんじょうな書庫の中に、銃が原子炉の中に埋もれたように、商品は埋葬される。

幸せに満ちたみせびらかしの商品は終った。今後商品は太陽を避ける、だから商品は影を失くした人間のようだ。したがってフォーラム・デ・アルは葬儀場によく似てくる――それは黒い太陽に照らされ、透明で、埋葬された商品のデラックスな葬儀、商品の石棺だ。

そこにあるものは皆墓を想わせる。白、黒、サーモン色の大理石。バンカー型の宝石箱、その贅沢で気取っていて、艶を消した黒、その地下の鉱物質の空間。流動するものは何もない。パーリー2《ドゥ》〔パリ郊外にあるショッピングセンター〕にある水の幕のような流体ガジェットすらない。水の幕は少なくとも眼をくらませたのだ。だがここにはふざけた言い逃れさえなく、あるのはただ葬儀的演出のみ（唯一、この建築群の中でおもしろおかしいのは、垂直のセメント壁面に描かれた、だまし絵の歩く人間とその影だけだ。開かれた空間に伸びる美しい灰色の巨大なキャンバス。フォーラムに集まるオートクチュールやプレタポルテ族の地下穴倉と対照的に、だまし絵の場を提供するこの壁は思いのほか精気に満ちている。歩く人間の影は美しい。なぜならそれは影を失くした地上世界を、くっきりと暗示するからだ）。

ひとたびこの聖なる空間が大衆に公開され、何が起こるかといえば、ラスコーの洞窟のように大気汚染が取り返しのつかぬほど建物を損ないはしないかという不安（RER〔パリの郊外高速鉄道〕に砕け散らんばかりにおし寄せた群衆を思い出そう）のあまり、即座に通行を禁止しないだろうか。そしてこの商品の絶頂（apogée）の段階をのり越えた後でその納骨堂（hypogée）に到り、この文明の証言をけがれなく保つために最終的には経帷子《きょうかたびら》でおおい隠してしまう、そんなことが起こるのではなかろうか。ここにはタウターベル人（Tautavel）からマルクスとアインシュタインを経、ドロテ・ビス（Dorothée Bis）に至る長い道のりをふり返る一枚のフレスコ画がある……なぜこのフレスコを崩壊から救おうとしないのだろう。後日、文化は自己の影から一切逃れようと身を隠す決心をし、まるで文化がとっくに影の誘惑と策略を別の世界に捧げてしまったかのように、その影の誘惑と策略を埋葬しようと決心するだろう。そのとき洞窟学者達がこのフレスコを再び発見するだろう。

10章　クローン物語

肉体の歴史に連綿と現われるあらゆる人工補綴（prothèse）のなかでも、分身（double）こそまちがいなく最も古いものだ。だが分身は人工補綴ではない。それはひとつの架空の外形であり、あの魂、あの影といった鏡に映る像がまるで別の自分のように主体につきまとい、その結果分身は同時に、自分自身であり、自分とは似ても似つかぬものだ。そして、その分身には、巧妙でつねに祓いのけるべきものとしての死がまとわりついている。だが、いつでもそうだというわけではなく、分身が物質化し、眼に見えるものとなる時、分身は間近に迫った死を意味する。

分身の空想的力と豊かさ、主体の自己に対する不気味さと親密さ（秘められたもの《ハイムリッヒ》／不気味なもの《ウムハイムリッヒ》）が同時に作用する力と豊かさ、それらは分身の非物質性、つまり分身が幻覚であり、幻覚にとどまっていることに原因があるからだといっても過言ではない。だれでも自分の完全な複製と、多数の複製を夢みることもできるし、生涯夢見ざるを得ない。だがこれは夢の力でしかなく、実在の中でむりやり夢みようとしてもくずれ去ってしまう。それは誘惑の（原初的）光景でも同様だ。誘惑とは幻覚され、思い起こされ、決して実在とならぬためにしか作用しないものだ。こんな幻覚を他の物と同様に祓いのけようとするのはわれわれの時代に特有なものであった。つまり幻覚を現実のものとし、幻覚を生身のものとし、物質化しようと願い、そして大まちがいにも「他者」と交換すべき死という巧妙な交換の二重の賭けを「同一物」の永遠性に変えてしまった。

クローン生物。クローン化。無限の人間さし木。バラバラになった器官の細胞ひとつひとつが別々の個人の母型《マトリックス》に再生する。アメリカでは数ヵ月前まるでゼラニウムのように一人の子供が生まれたという。さし木で。最初のクローン子《コ》(植物的増殖による個人の子孫)。たった一人の人間の細胞から生まれた最初の子供、したがってその《父親》、唯一の生殖者と彼は寸分違わぬ模造、完全な双生児、分身であろう(1)。

有性出産に代わる永遠の双生児願望、それは死と深くかかわっている。細胞分裂による繁殖の夢、血縁関係からすれば最も純粋な形態だ。なぜならそれは他者なしですませることができ、自分から自分に移り得る(まだ女性の子宮と核を抜いた卵子を通過しなければならないが、この媒体は一時のことであって、いずれにせよ匿名だ。人工女性がそれに代わるだろう)。遺伝子のお蔭で単細胞的ユートピアは、複雑な人間を原生生物の運命に至らせる。

死の衝動が性別のある人間を性の未分化な生殖の形態に後退させようとしているのではないだろうか(というのは、この分裂繁殖の形態、単なる隣接による生殖と増殖とはわれわれにとって想像力の奥深いところでは、死と死の衝動を意味するのではなかろうか。——性を否定し、生命維持体としての性を消滅させようとすることは生殖にとって危機であり破局ではなかろうか?)。そして死の衝動は同時に形而上学的に他者性と、「同一者」の風化をまったく否定するよう、人間に迫るだろう。ひとつのアイデンティティーの永続、遺伝子的記録の透明性だけをめざし、発生というエピソードだけに身を捧げようとして。

死の衝動についてはこれくらいにしておこう。自分自身を生み落す幻覚が問題なのか。いやそうではない。なぜなら自分とは常に母と父の外形を通過し、その外形は有性の両親の外形であり、出産の象徴的構造を全く否定することなく、主体はそこで交代しながら消え去ろうと夢みることもできる。つまり自己の子供となること、だが、だれかの子供であることに変わりはない。ところがクローン化は「母」、もちろん「父」も、そして双方の複雑な遺伝子も、双方の錯綜する相異も、そして特に子供をもうけるという二者による行為を根底からくつがえすのだ。そんな植物的さし木の豊かさを想像してもいい。クローン人は出産しない。彼は自分の各々の断片をさし木するのだ。それは《非人間》的性に、そして隣接とまたたく間に減速する性に、有利に働こうとして、エディプス的性欲を結局解消してしまう——にもかかわらず自分自身を生み落す幻覚に問題がないことは同じだ。「父」も「母」も消えた、それは主体の危険な解放のためではなく、コードと呼ばれるマトリックスに有利に働くためだ。母もなければ父もない、マトリックスだけだ。そのマトリックス、遺伝子的コードのマトリックスが、あらゆる危険な性欲を除外してしまった操作方式に従って、今後無限に《子供を生む》。

主体さえない、なぜなら同一物の再複製が主体の分裂を終らせたからだ。クローン化の中で鏡の段階は終った、というよりむしろそれはクローン化の内部で怪物のようにパロディーとして存在する。クローン化は何も記憶にとめようとはしない、同様に、自己の理想的な分身にひそむ主体の投影という記憶不可能でナルシス的な夢も。なぜならこの投影とはまだひとつの像を仲介とするからだ。つまりその像とは、鏡の中の像、その鏡の中で主体は自己を見出そうとして疎外される。あるいは誘惑的で致命的な像はその中で死すべく自己をながめる。ところがクローン化ではそのようなことはまったくない。メディアも像もない——ある工業製品が量産品の中でつぎつぎと同一の物を生み、ひとつが自己の鏡ではないのと同様に。ひとつの物が他の物の理想あるいは致命的な幻影ではあり得ないし、それらは互いに加算されるだけだ。そしてそれらが互いに加算され得るというのは、それらが性によって生まれたからでもなく、死を知ることもないからだ。

双生児性が問題なのではない。なぜなら「双子」には「二」という特殊性や、特別な魅惑や聖なるものがあるのだ。それは一挙に二になるのであり、いまだかつて一ではなかった。ところがクローン化では同じことの反復があるだけだ。それは一＋一＋一＋一などのように。

子供でも、双子でも、ナルシス的な鏡像でもなく、クローンは遺伝子の導きによる分身の物質化だ。つまりありとあらゆる危険と空想の廃止だ。そこが性欲の節約《エコノミー》と混合される。それは、生産性を優先する技術の、妄想に満ちた礼賛なのだ。

一つの断片は再生産のために空想的な瞑想などする必要はない、ミミズと同様に。つまりミミズの断片は、一匹の成長したミミズと同じように直接再生する。あたかもアメリカの社長室のそれぞれが新社長を任命し得るように。ホログラムの断片のひとつひとつが、完全なホログラムのマトリックスとなり得るようなものだ。多分、どんな些細な精度も見逃すことなく、ホログラムの分散した断片ひとつひとつに、情報は完全に残っている。

このようにして全体性の終りが来る。仮に各部分に全情報が見出されるのであれば、全体は意味をなくしてしまう。肉体の終りも同様だ。肉体と呼ばれる不可思議さ、その肉体の秘密とは、まさしく肉体が加算可能な細胞という断片になり得ず、分割不可能な形態をもつところにある。だからこそ性を持つものだと判断できる（逆説的に、それらがモデルに類似している限り、クローン化は性を有する生命体を永遠に生産し続けるだろう、だから性は利用価値のない機能になってしまう――というのは性とはまさしく機能ではなく、肉体が肉体であるのは性のなせる業であり、その肉体のあらゆる部分と多様な機能のすべてを酷使するのは性そのものだ）。性（あるいは死、こんな意味では同じものだ）は、ひとつの肉体に集まるありとあらゆる情報を酷使する。だとすればそのようなあらゆる情報はどこに集まるのか。発生という形態の中に。だからこそ、この形態はあえて性欲と死から自立し、独立した再生産の道を切り開こうとしなければならないのだ。

すでに生物＝物理＝解剖学（bio-physio-anatomique）は、組織と機能の解剖を通して、肉体の分析的分解の糸口を見つけた。マイクロ分子遺伝学とはその論理的帰結にすぎない。だがそれは高度な抽象とシミュレーションのレベルで、つまりそれは核、命令細胞のレベルで、そして、直接遺伝子コードのレベルで、そんな科学をとりまいて遺伝子の夢幻的光景が生まれる。

機能主義と機械主義の視点に立てば、ひとつひとつの組織は部分的でそれぞれ異なる人工補綴にすぎない。シミュレーションではあるが《伝統的》だ。サイバネティックスと情報理論から見れば、それは差異のない最小単位であり、肉体のひとつひとつの細胞が、その肉体の《胚の》人工補綴になる。ひとつひとつの細胞に記録された遺伝子的形態が、あらゆる肉体の、近代的で本物の人工補綴になる。人工補綴が通常傷ついた器官を助ける物、あるいは肉体の道具的延長であるなら、肉体に関連するあらゆる情報を封じ込めるDNA分子とは優れた人工補綴であり、自分自身で、その肉体を無限に延長しようとする人工補綴だ——それ自身、自分の人工補綴の無限なる連続であり続けながら。

サイバネティックスの人工補綴は他のどんな機械的人工補綴よりきわめて巧妙で、最も人工的なものだ。なぜなら遺伝子のコードが《自然》でないからだ。つまり、ひとつの総体の、抽象的で自律したあらゆる部分が人工的、人工補綴となり、それが互いに入れ代わりつつ、その総体を変質させる〔pro〔代わり〕-thésis〔附加する〕〕。それが人工補綴〔prothèse〕の語源だ〕。遺伝子のコード、そこにあらゆる生命体は凝縮される。なぜならその生命体のあらゆる《情報》がそこに封じ込まれるからだ〔これが遺伝子的シミュレーションの途方もない暴力だ〕。そのコードは人工物であり、操作的人工補綴であり、抽象的マトリックスであり、そのコードは再生産《リプロダクション》でなく単純な更新《リコンダクション》という手段で指定通りの全く等しい生命体を同じ命令で処理しようとするにちがいない。

《ある任意の精子が任意の卵子と出合った時、私の遺伝子的遺産は一度で決まった。この遺産は私を現実のものとし、私の機能を約束する生化学的なあらゆるプロセスの処法を備えている。この処法のコピーが今私を構成している数百億の細胞に記録された。その細胞ひとつひとつは、どうやって私を製造するのかを知っている。私の肝臓や血液の一細胞になる前に、それは私の細胞だ。したがってその細胞のひとつから私と全く同じ個人を製造するのは理論的には可能だ。》〔A. Jacquard 教授〕

クローン化とは肉体造形史上、最後のステップだ。そのステップで肉体は抽象的で遺伝子的な形態に還元され、個体は一連の減速を余儀なくされる。ここで、ワルター・ベンヤミンが複製技術時代の芸術について語っていたことを再び思い起こさねばならないだろう。連続して複製された芸術が失ったものは、そのアウラであり、いま、ここに、という不可思議な価値、その美的形態（それは、美的価値が下がり儀式的な形態をとっくに失っていた）だ。そしてベンヤミンによれば、複製品は、必然的に政治的な形態をとる運命にある。

　失われたのはオリジナルであり、ノスタルジックで懐古趣味的な歴史だけが《本物》として再構成されるにすぎない。

　ベンヤミンが映画、写真、現代のマスメディアについて描いているが、こんな展開をみせる最も先端的で近代的な形態とは、そこにオリジナルがもはやなく、決して存在さえしなかったということだ。なぜなら物事は無限の複製機能に従って一挙に計画されたからだった。

　こういったことがメッセージのレベルのみならず、このクローン化と一緒に個人のレベルに、われわれの身に、おし寄せてくる。事実、肉体がメッセージや、情報とメッセージのストック、あるいは情報の媒体としてしか認識されなければ、肉体にも同じことが起こる。もしそうであれば、肉体の大量生産に対立するものは何もない、まさにベンヤミンが工業製品やマスメディア的イメージで語っていたのと同じ意味で。生産を超えて再生産の先行があり、存在し得る肉体を超えて、遺伝子的モデルの先行がある。この逆転を命ずるのは技術の氾濫だ。その技術とはベンヤミンがすでに述べた全メディアの総決算なのだが、それはまだ工業化時代のことだった——巨大な人工補綴は同一の物や同一の像の発生を命じ、何物も、あるものと他のものとの差異を示すことすらできない――そしていまだに同じ生命体の発生を可能にするあの技術の現代的深遠さが理解されることもなく、同一物とは決してオリジナルな存在にもどるように創られてもいない。

工業化時代の人工補綴とは、どちらかといえば外的なものであり、外技術（exotechniques）だ。ところが、今現在あるものはあちこちに分岐し、内的なのだ。つまり内技術（ésotechniques）だ。われわれはソフトで、遺伝子的で知的なソフトウェア技術の時代にある。

輝ける工業化時代の人工補綴が機械的だったとき、それらは肉体のイメージを変えようと肉体に回帰していった――それ自体、空想の中で可逆的に新陳代謝していた、この技術的新陳代謝は肉体像の一部でもあった。だがシミュレーションの最終点（デッドライン）に至るとき、つまり人工補綴が肉体の、名前さえないマイクロ分子の中心に浸透し、内在化し、浸入する時、人工補綴が肉体にさえ《オリジナル》モデルであることを強要する時、かつての象徴的な回路は焦げ、存在し得る肉体は決まりきった肉体のくり返しでしかなくなり、そのあげく、肉体とその歴史、そして肉体のエピソードの終りが来る。個体は、癌的転移の基本形でしかない。あるX個人のクローン化から生まれたあらゆる人間は癌的転移――つまり癌で確認できる同一細胞の増殖以外の何者であり得ようか。遺伝子コードの指令というアイディアと、癌病理学とは密接な関係にある。つまりコードは最小でシンプルな要素を、ある個体全体を凝縮した最小の形態を指示し、コードはその結果自分と同一のものしか複製しえないのだ。癌は、一つの基本的細胞から全体の有機的法則を無視して無限の増殖を指示する。クローン化も同じことだ。つまり「同一物」の更新、歯止めなき単一マトリックスの増殖をはばむものは何もない。かつて、有性の複製はそれを拒んでいたのだ。ところが今日、同一遺伝子のマトリックスをとうとう分離することに成功し、そして個体の危険な魅力を形づくっていたあらゆる差異のエピソードも、まもなくすべて排除し得るようになるだろう。

仮にあらゆる細胞がまず同一遺伝子形態の集合装置として認識されるなら——同一の個人全員のみならず、同一個体の細胞のすべてもまた——こんな基本的形態をした癌的増殖以外のものにどうしてなり得ようか。転移は工業製品に始まり、細胞組織で終りを告げた。癌が資本主義時代の病気か否か問うまでもない。癌が現代病理学すべてを支配する病気であるのは事実だ。なぜならその病気こそまさにコードの有毒性を形に表わしたようなものだ。つまり同一記号のすさまじく無駄で余計な表現であり、同一細胞のすさまじく無駄で余計な表現なのだ。

肉体の舞台は非可逆的技術の《進行》に順じて変化する。例えば太陽光線で日焼けする。それはすでに自然環境の人工的利用法だ。つまり日焼けを肉体の人工補綴にすることだ（それ自体模擬肉体となるが、一体肉体の真実はどこにある？）——イオン灯による屋内日焼け（だがまだなつかしの機械的技術にすぎない）——錠剤とホルモン剤による日焼け（化学的、内的人工補綴）——最後に遺伝子形態が介在する日焼け（比較にならないほど進歩しているが、まだ人工補綴だ。というのはその人工補綴は結局単純に内蔵され、肉体の表面も、穴も通過していないからだ）、人々は異なる肉体を通過する。これがメタモルフォーズされた全体像だ。伝統的人工補綴は病んだ器官の修繕に役立つが、肉体一般のモデルを何ら変えることはない。器官移植とはまだこんな段階にある。だとすれば向精神薬《プシコトロープ》やドラッグによる精神形成についてはどうだろうか。そこでは肉体の舞台が変化した。薬の作用を受けた肉体とは《内側から》形造られた肉体だ。それも再現とか鏡とか言説といった視野を通らずに。静寂で、心理的で、すでに分子となった（反射さえない）肉体、行為あるいは視線を媒介せず直接新陳代謝する肉体、他者性も演出も超越性にも欠ける内在する肉体、頭脳と内分泌腺が流出する内破的新陳代謝しかしない肉体、鋭敏ではないが感覚器官である肉体。なぜなら知覚の対象ではなく、内部にある唯一の端末《ターミナル》に接続しているからだ（だからこそ肉体を《白》く何も感じない感覚器官に閉じこめうる。というのは、それをとり囲む世界に触れもせず自己の感覚器官の接続を断つだけで十分だからだ）。可塑性にとみ、心理的に従順でどんな方向にも薬の作用を及ぼせる、こんな段階ではすでに均一な肉体に近く、像の完全なる消失という点では核と遺伝子操作に近く、他者も自己も再現しえない肉体、遺伝子あるいは生化学的従属形態の中で変貌し、生命体と感覚の核を取り除かれた肉体、つまりこれこそ終極点だ。この技術崇拝、その技術もまたすき間的で分子的なものと化した。

〈NOTE〉

癌的増殖もまた発生コードの命令に対する無言の反抗だと考えるべきだ。癌、もしそれが生命体の情報理論に基づく核ビジョンの論理の範疇に属しているのであれば、それもまたおそるべき過超増殖と拒絶だ。なぜなら癌は全面的反情報と反集合に至らせるからだ。リチャード・ピンハース〔フランスの作家〕だったら生体反結合の《革命的》病理学、と言うだろう。そのフィクション（《Notes synoptiques à propos d'un mal mysterieux》で。それは生物のエントロピー的錯乱、情報に関するシステムのネグエントロピーに反抗して（それは大衆がはっきりとした構造をもった社会編成と向かい合った時の状況の重なりと同じだ。つまり大衆、彼らもまたあらゆる社会の有機的な性質の向こう側では、癌のように転移するものだ）。

クローン生物でも曖昧さにおいては同じだ。それは指導的仮説、つまり発生情報コードの勝利であり、それと同時に理論の整合性を打ち消す偏芯したひずみの勝利でもある。というのはたとえ《クローン双子》であろうと、それは発生種と等しくはないようだし（だがこれは将来の物語にゆだねよう）、決して同一物ではないだろう。たとえそれが彼の前に別のもうひとつがあっただけにすぎないとしても。それは決して《発生のコードが、自分そのままに自分を変えた》のでもないだろう。数千の干渉物が、いずれにせよ異なった個体を生むにちがいない。かろうじて青い目だけが父親似であったりするだろうが、それはめずらしいことではない。そしてクローン的実験は、少なくとも情報とコードという唯一の制圧力だけでひとつのプロセスを制するのはまったく不可能だということを証明したようだ。

11章　ホログラム

現実を生のまま把握しようとする幻覚は――ナルシスが泉に身をかがめて以来続いてきた。実在を不動にしようとだし抜いたり、実在をその複製ができるまで中ぶらりんにさせたりして。神がその創造物に身をかがめるようにあなたがたはホログラムに身をかがめてみる。つまり神のみに壁を通りぬけたり、生命体を通過したり無形の姿で彼岸に現われる力がある。われわれは自分自身を通りぬけ、彼岸に自分達の姿を見出そうと夢みる。宇宙の彼岸にたまたま動き、語る、あなたのホログラフとなった複製がいたら、あなたこそこの奇蹟を実現したことになる。むろんそれはもはや夢でなく、したがって、その夢の魅力はなくなっているだろうが。

テレビのスタジオはあなたをホログラフィー的人物に変える。例えばプロジェクターの放つ光はあなたを空中で物質になったような気分にさせる。ちょうど群衆（つまり数百万のテレビ視聴者）を通りぬける半透明の人物のようだ。まさにあなたの本物の手が何の抵抗もなく実在しないホログラムを通りぬけるように――だが何事も起こらないわけではない。つまりホログラムの中を通りぬけたというのは、その手をも非現実なものに変えたことになる。

ホログラムがまるでさえぎる物などないかのごとく（そうでなければ写真や映画の効果と同じだ）。乾板の前方に投影される時の錯覚はたとえようもなく魅惑的だ。絵画とだまし絵が違うのもこれと同じ原理によっている。つまり視線に対して消失する空間が向こう側にある代わりに、あなたは逆の奥行きの中にいて、あなた自身が焦点になってしまう……。そのためには市電の車輛やチェスのように凹凸が一目で識別される必要がある。つまり、その場合どんなタイプの物や形が《ホログラム映《ば》え》するか見きわめる作業が残る。なぜなら映画が演劇を再現してきたり、写真が絵画の内容を再利用してきたほどには、ホログラムは立体映画の製作には適していないからだ。

クローンの歴史と同様、ホログラムの中で情け容赦もなく追いつめられているのは複製の空想的アウラだ。最少限の幻想や空想的光景が存在し得るためには、類似性は夢であり、夢のままであらねばならない。実在の側から、正確に類似した世界の側から、世界そのものに、主体から主体自身に移行してはならない。なぜなら像が消えてしまうからだ。複製の側から移るべきではないというのは、対の関係が失せ、それと共に誘惑が消えてしまうからだ。クローンと同様、ホログラムとは、幻想と光景の終り、そして秘密の終止にむかう逆の側からの誘惑であり、魅惑だ。それというのも主体が備えているあらゆる情報を、具体的な形をした透明な光で、具体的な形に投影するからだ。

（鏡や写真で）自分の姿を見ようとする幻覚の次に、自己を認識しようとする幻覚が現われる。ついに、とりわけスペクトル光線になった自分の肉体を横切り、移動しようとする幻覚が――ホログラム化された対象は皆、まずあなたの肉体の輝ける外皮なのだ。むろんこれはいわば、美学の終りとメディアの勝利だ。まさしくステレオの音響が精緻の極に至り、音楽の魅力と音楽の知的理解《インテリジェンス》が終りを告げたように。

ホログラムは、だまし絵のような知的理解と無縁だ。つまり外観の示す通りに、いつでも存在を暗示したり省略したりする、あの誘惑につきものの知的理解がない。ホログラムは反対に、複製の側に移ろうとする魅惑にとりつかれている。マッハ（Mach）の理論によれば、仮に宇宙とは複製もなければ鏡と等価なものもないものとすれば、われわれはすでにホログラムと一諸に実質上別の宇宙にいることになる。別の宇宙、それはわれわれの宇宙の鏡と等価なものにすぎない。だとすれば、われわれの宇宙とは何か。

われわれが久しく夢みてきたホログラムは（そんなことは大したことではないが）、われわれの肉体の向こう側に、輝けるクローン、あるいはわれわれの代わりには決して生まれはしない死せる双子の側に移ろうとさせる興奮とめまいをわれわれに起こさせ、あらかじめわれわれを見守っている。

ホログラム、それは完璧な像であり空想の終りだ。むしろ像ではないといったほうがいい——真のメディアはレーザーであり、過度に純化された集積光、それは眼に見える反射光でさえなく、シミュレーションの抽象的な光だ。レーザー／メス。輝ける外科、だがその手術は複製の手術だ。つまりかつて腫れ物を手術したように、今度はあなたの複製を手術する。あなたの複製の奥底にひそんでいる（あなたの肉体、あなたの無意識の奥底に？）その秘めた形態は、まさにあなたの空想を栄養分としているのだ。ただし、それが隠れていればの話だが、それをレーザーで抽出し、合成し、あなたの眼の前で見える形にする、このようにしてあなたは通りぬけ、彼岸に移る。この歴史的瞬間、ホログラムはわれわれの宿命である《識閾下の安楽（confort subliminal）》、精神的シミュラークルと特殊効果の空間妖術に捧げられたこの幸せの一部でありつづける（社会体、社会的幻影とは、集団的な幸せのスペクトルに似せて、真空中で集中配分されるビームのデザインから得た特殊効果にすぎない）。

シミュラークルの三次元性——シミュラークルが三次元であるのは、二次元のシミュラークルより実在に近いからだろうか。シミュラークルは三次元だというが、その効果は逆説的で、反対に、突然明らかな威力になってしまう隠れた真実やあらゆる物事の秘密の次元のようにわれわれを四次元にひきつけてしまう。シミュラークルの完成に近づけば近づくほど（物についてはまちがいない。技術の形態あるいは社会関係や精神関係のモデルに関しても同じだ）、つぎのことが明白な事柄に見えてくる（われわれに潜んでいるのは、むしろ不確かさという意地悪い妖精、それはシミュレーションの意地悪な妖精より意地悪い）。つまり、そのためにあらゆる事柄は表現する必要もなく、自己の複製でもなく、それに類似しているわけでもなくなる。簡単に言えば、実在はない。つまり三次元とは二次元世界の空想でしかなく、四次元とは三次元宇宙の空想だ……。次元をつぎつぎと加算し、実在をますます実在にする生産のエスカレーションともいえる。だがその余波に刺激され、逆作用も起こる。つまり唯一であることが真実であり、唯一であることが真に誘惑的なのだとし、ここでは一次元少ないことが重要だ。

どちらにせよ、この実在と実在錯覚の競争には出口がない。なぜならある物が別の物とまさによく似ているということは、それはまさしくその物ではなく、それはすこしだけその物以上だからだ。類似性が決して存在しないように、正確無比であることもない。正確無比だということ自体正確すぎているのだ。

望まずして真実に近づくものだけが正確なのだ。それはつぎのような説明の逆説的な道理のようなものだ。つまり、二個のビリヤードの玉の一方がもう一方の玉に向かって転がるとき、初めの玉が二個目の玉より早くもう一方の玉にぶつかるのか、それとも一方の玉は、他方の玉にぶつけられる前に当るのか、というように。これは時間の秩序の中にも同時性があり得ないことを示し、それと同様に外形の秩序の中にも類似性はあり得ない。互いに似るものは何もない。そしてホログラムを使った復元は、例えば実在を正確に合成したり再生させたりする軽い欲望のように(これは科学実験にも当てはまるのだが)、もはや実在でさえなく、それはすでにハイパーリアルだ。したがってホログラムには(真実の)復元価値はまるでなく、初めからシミュレーションだ。正確ではないが限界を越えた真実だといえよう。つまり初めから真実の向こう側にあるのだ。だとすれば真実の向こう側、もちろん偽といわれる側でなく、本物以上の本物の側、実在以上の実在の側で何が起こりつつあるのだろうか。まちがいなく異常な効果と冒瀆だ。それも真実の秩序に対する単なる否定ではすまされぬ破壊的な。それは本物が持つ潜在的な能力と、実在の潜在的な能力の奇妙で殺戮的な力でもあろう。だからこそ数々の野生の文化で、双子は崇められ、犠牲にされてきたのだろう。超類似性とは、オリジナル殺しと同等であり、それゆえ全く無意味なのだ。どんな分類も意味作用も、どんな意味の形式でも、単純に論理的にX乗するだけでくずれ去ってしまう——極限に登りつめることとは、人々が《自分の出生証明書》を呑みこむことと似て、いかなる真実もその真実の証拠を呑みこんだあげく、あらゆる意味をなくしてしまうことだ。例えば、それと同じように地球や宇宙の重量も、まさしく、とりあえず計ることもできよう。ところがそれは一瞬にしてばかげたこととわかる。というのは、重量を比較参照しようにも、自己を映す鏡がないのだ――こんな、すべてを合計するやり方はハイパーリアルな自己の複製の中で実在のあらゆる次元を合計したり、遺伝子的自己の複製（クローン）の中で個人のあらゆる情報を合計するのとほぼ同じであり、それは宇宙をまたたく間にパタフィジック〔ジャリ〕にしてしまう。大まかにいって宇宙自体もともと表現可能なものでも、鏡で補えるものでも、意味で等価になるものでもない（宇宙に重量を与えるのと同じ様に、宇宙に意味や意味の重要さを与えることもまた、ばかげたことだ）。意味、真実、実在とは、限られた領域の局部にしか表われ得ないものだ。それらは、部分的なモノであり、鏡、そして等価であるものの部分的な効果だ。あらゆる激増、一般化、極限への移行、あらゆるホログラム的拡大（宇宙を徹底的に調査報告しようとする下心）は意味、真実、実在を嘲りの対象としてしまう。

こんな角度から見れば、たとえ厳密な諸科学でさえ危険にもパタフィジックに接近する。なぜなら、科学は、些細な項《テルム》であっても、世界を正確に分解し再構成しようとする客観主義者の下心と、ホログラムの性格とどこか似ているからだ。それは物事が自分自身に類似するという、契りにも似た、頑固で素朴な信仰に根ざしている。

実在、実在するモノは自己と同等になると見なされているし、鏡に映る自分の顔のように、自分と似てくるとも見なされている――そしてこの潜在的類似性は、たしかに実在に対する唯一の定義だ――この類似性を拠り所にするあらゆるホログラム的試みは、対象を欠くしかない。なぜなら類似性とは自分の影を無視し（だからまさしく自分に似ないのだが）、傷ついた対象が隠れているあの面を無視し、その秘密をも無視するからだ。類似性は、完全に自己の影を飛び越え、そこで自ら消え失せようとし、透明性の中に身をおどらせるのだ。

12章　クラッシュ

古典的な物の見方（サイバネティックスでさえ）では、技術《テクノロジー》は肉体の延長だ。技術とは、人間を自然と対等にし、その自然を勝ち誇って包囲する人体組織の機能的なソフィスティケーションでもある。マルクスからマクルーハンに至るまで、言語と機械は道具的性格を持つものとして、同一視してきた。つまり機械と言語は、人間の有機体と成るべく理想的に定められた自然の中継物であり、延長物であり、メディアの媒介者だ。このように（合理的に）見れば、肉体自身メディアにすぎない。

それとは逆に、『クラッシュ』[1]のバロック的、黙示録的解釈によれば、技術《テクニック》とは肉体の致命的解体だ。——機能的メディアですらなく、死の拡大だ——それは分割と細分化だ。だが、一貫性のない主体の卑しい幻想の中でではなく（それではまだ精神分析の領域だ）、《象徴的な傷》に捉われた肉体、強姦と暴力の次元で技術と取り違えた肉体の爆発する視野の中でのことであり、そしてまた技術《テクニック》が強要する野蛮で連続する外科手術の中でのことだ。つまり切開、切除、生けにえ、肉体の大公開、など。そこでは《性的》苦痛も喜びも特例でしかない（そして労働の機械的服従とは平和なカリカチュアだ）——器官のない肉体、そしてその器官の快楽も知らぬ肉体、それらすべてが技術的な商標《マーク》と、切断と傷口の支配下にある——照合系も限度もない性的衝動のきらめくばかりにまぶしい記号の下で。

彼女の死と切断は、衝突技術のおかげで、彼女の手足と表情、そして肌のきめ細かさと物腰などのひとつひとつを厳かにほめたたえる儀式に変貌していった……。衝突の現場に居合わせた観客の一人一人は、女性の無惨な変わりようと、性の衝動と車の冷酷な科学性が入り混じったこの女性のいくすじにも走った傷口のイメージを持ち帰ったにちがいない。各自の車におのおのその女優の傷口の幻を焼きつけたことだろう。複雑に入り組んでしまった姿勢を何とか運転できるように調整しながら、それぞれは柔らかな粘膜と勃起した皮膚をやさしく愛撫しただろう。血にまみれた傷口に唇を置き〔……〕。人指し指からもぎ取られた腱をまぶたに押し当て、彼女のヴァギナの露出した内壁でペニスの筋をこすったにちがいなかった。交通事故は、とうとう待ちに待った女優と観客の結合を可能にした。（二一五頁）

技術は（自動車）事故でしか把握し得ない。つまり技術そのものが引き起こす暴力と肉体に起こる暴力でしか。同様に、どんなショック、どのような衝突、あらゆるインパクト、事故の冶金学のすべては肉体の記号製造の中で読みとることができる――つまりそれは解剖学でも生理学でもなく、打撲傷や傷跡、切断や傷口などの記号製造がわからせてくれるのであり、それらはどれも肉体に開かれた新しい性なのだ。だから生産の秩序に見られる労働力のように肉体を集積することと、切断の秩序に見るアナグラムのように肉体を分散するあり方とが対立する。《欲情を催させる領域》の限度だ。つまり反射的排出物に身をさらそうとしてすべてが穴になってしまう。だが特に（われわれのものではない原初的イニシェーションの責苦のように）肉体の記号交換に身をさらそうとして、肉体のすべては記号と化す。肉体と技術《テクニック》は、互いに物狂おしい記号を回折し合う。それは肉体の官能的な抽象化とデザインだ。

これらすべての背後には情動も心理学も、排出も、欲望さえもなく、リビドーも死の衝動もない。むろん死は、肉体に起こり得る暴力のあくなき追求を巻きぞえにするのだが、これはサディズムやマゾヒズムのように、過激で背徳的な狙いを持つものでも、意味と性のひずみによるものでも決してない（だが何に比べて？）。

抑圧された無意識（情動、あるいは表現）でもない。精神分析のモデルに無理な意味を再び注入する二次的な読み、といわないまでも。つまりこの無意味さ、この肉体と技術を混合するという野蛮なことは、もともと両者に内在するものであり、両者を急激に逆転させ、いまだかつて見たこともない性的欲望を出現させる——それはこの肉体に刻まれた価値のない記号と密接な関係にある、一種の眩暈《めまい》だ。それはニューヨークの地下鉄の落書きにも似た切り刻みと刻印をつける象徴的儀礼でもある。

別の共通点、それは『クラッシュ』で語られるように、システムの周辺でしか現われなかった事故の記号と人々は何のかかわりもない、という点だ。事故とは、交通事故がいまだにそうだが、すき間をとりつくろうようなものでは、もはやない——新しいレジャー族にとって交通事故とは、死の衝動の残り滓をよせあつめて何とか形にするようなものだ。クルマとは動かない家庭的宇宙の付属物ではない。私的で家庭的宇宙などもはや存在せず、絶えず循環し続ける形態だけがある。それゆえ、「事故」はどこにでもあり、初歩的で非可逆的な形をした、異常な死の平凡な姿だ。事故は、もはや周辺ではなく中心にある。それは優れた合理性からはみ出たものではなく、「規則」になり、「規則」をむさぼり尽した。事故は、システム自身が宿命と認めた《呪われた部分》〔バタイユ〕ですらなく、一般計算に入ってしまった。その結果すべてが逆転した。「事故」が生命に形を与えるのであり、その非常識なものこそが、生命の性なのだ。そして車と車の磁場は、これが普遍的なプロトタイプだとばかりにトンネルと高速道路と立体交差と、インターチェンジと移動操縦席で宇宙を埋めつくし、その宇宙は車の巨大なるメタファーでしかなくなる。

事故の宇宙では機能不全なんてことはあり得ない――したがって異常さもない。「事故」、それは死と同様に、もはやノイローゼとか、欲望の抑圧とか、残り滓、あるいは違反の範疇にあるのではなく、死を基点とする生命の戦略的再編成という、正常な新しい楽しみ方をリードするものだ（著者自身その序章で異常の新しい論理を説くが、それに反し『クラッシュ』を異常と見なして読む道徳的欲望に抵抗せねばならない）。死、傷口、切断は去勢のメタファーではなく、まさにその正反対だ――いや正反対以上でさえある。フェティシストのメタファーが唯一異常であるのは、それがモデルに従ったり、間接的なフェティッシュであったり、あるいは言語という媒体によって誘惑するときだけだ。この小説では、死と性は、幻想でも、メタファーでも、美しい文体からでもなく、直接肉体から読み取られる――そこが、傷ついた肉体が物語を刻む媒体でしかない〔カフカの〕『少年院（La colonie pénitentiaire）』の「機械」と異なるところだ。同じように、カフカの機械は、まだピューリタン的で、抑圧的だ。それを《意味する機械》とドゥルーズなら言うだろう。ところが『クラッシュ』の技術《テクノロジー》はきらめき、誘惑的だ、あるいは艶の消えた潔白なものだといってもいい。誘惑的だというのは、その機械が意味を欠き、引き裂かれた肉体の鏡でしかないからだ。そしてヴォーンの肉体はといえば、へしまがったクロームメッキの鏡と押しつぶされたフェンダーと、精液で汚れた鉄板だったのだ。肉体と技術とは混じり合い、誘惑され、ごちゃごちゃになった。

ヴォーンは、ネオンサインがぎらつく深紅の光を、無惨な傷口がいく筋にも走っている写真に投げかけている駐車場の中庭に向けて車を進めた。ダッシュボードで変形した少女の乳房、一部分が切り取られた乳房……ダッシュボードの飾りだった製造会社の頭文字で切られた乳首、ステアリングホイールや、(飛び出る時)フロントガラスが引き裂いた生殖器の傷……切断されたペニス、深く傷ついた陰門、そしてつぶれた睾丸などの写真が、ネオンのぎらぎらする光に照らされて私の眼下に点々とつらなっていた……。

こんな写真資料の数枚には、傷の原因になった機械や装飾部分のクローズアップ写真が添付されていた。

ちぎられたペニスの写真にはハンドブレーキが映っている折込み広告がそえられていた。不鮮明な印刷の陰門のクローズアップの上には、製造会社のマークがついたステアリングホイールのホーンボタンが見えた。このようにズタズタになった性と車体あるいはダッシュボードの断面との出合いは、ゴチャゴチャのモジュールそして苦痛と欲望の新たな流通相場の単位を形づくっていた。(一五五頁)

その肉体に残されたそれぞれのマーク、跡、傷口は人工的な陥入(invagination)にも似ている。ちょうど未開人が皮膚を刻み肉体の不在に激しく応えたように。象徴的に傷ついた肉体だけが存在する——自己と他者のために——《性的》《欲望》とは、肉体の記号を雑多に混ぜ合わせ交換する可能性でしかないのだ。自然に出来たある種の穴は、性や性行為になぞらえるが、そんなものはあらゆる類の傷口や人為的な穴(といってもなぜ《人為的》なのだろうか?)、あらゆる割れ目などに比べれば、ものの数ではない。その割れ目を通って肉体は可逆になる、ちょうどトポロジックな空間のように内側も外側もなく。われわれの知っている性とはあらゆる象徴的で供犠的な行為のごくわずかで特殊な定義でしかない。つまり自然の力ではなく人工の力によって、あるいはシミュラークルで、事故によって肉体は開花するのだ。性とはあらかじめ用意されたゾーンで、欲望という名前の衝動を稀薄にするだけのことだ。

性は多様な象徴的な傷口とは比べものにならぬ存在であり、身体にまつわるすべての性をある意味でアナグラム化することでもある。——だからこそそれは、性でさえなく、別の物だ。性とは特殊な記号表現をするものと付随的ないくつかのマークを刻み込むことでしかない——肉体が記号と傷口を交換することに比べれば、性など無意味としか言いようがない。未開人は刺墨や拷問やイニシェーションを通してこんな目的のために肉体のすべてを使う知恵を心得ていた——性欲とはおそらく象徴交換のメタファーのひとつにすぎず、そこには明白な意味も、最も魅惑的なものもなかっただろう——ところがあまりにも有機的で機能主義的になりすぎ、現実的で固定観念につきまとわれた(もちろん快楽も含めた)照合物の中で、その魅力はわれわれにとって意味あるもの、魅惑的なものになってしまった。

その時われわれは初めほぼ時速四〇キロで運転していた。ヴォーンは少女の穴から指を抜き腰をひるがえしてペニスをすべりこませた。スロープを登ってゆく車のヘッドライトは、前方を照らしていた。私はバックミラーに映るヴォーンと少女をその時もまだながめていた。後から来る車のライトに照らされた二人の体はリンカーンの黒いトランクと内部の数々のクロームメッキに映し出された。少女の左側の乳房とそのピンと立った乳首が灰皿の上で波うっていた。ヴォーンの変形した太ももの一部と少女の腹が窓ガラスで奇妙な解剖学的な形になった。少女を馬乗りにさせ、再び彼のペニスは少女の中に押し入った。二人の性行為は三枚続きの絵のように速度メーターと時計と回転計のあかりに照らされたガラス目盛に映った……車は時速八〇キロで陸橋の坂を登り続けた。ヴォーンは腰を反らせ、少女の体を後方のヘッドライトのまばゆい光に浮かび上がらせた。疾走する車、その窓ガラスのクロームメッキの縁どりの中で形の良い乳房が光っていた。一〇〇キロごとに置かれた灯火の尖光とヴォーンの烈しいけいれんが偶然重なり合った。彼のペニスはヴァギナに飛び込み、その手は少女の臀部をかき分け、運転席いっぱいに拡がったあわい黄色の光の中にアヌスを露出させた。(一六四頁)

この小説では、エロティックな用語のすべては技術的《テクニック》だ。ケツともキクともオマンコとも表わされず、表現は、アヌス、直腸、陰門、ペニス、交接、になっている。卑猥な用語ではない。つまり性的暴力に近い用語ではなく機能的な言語といえる。つまりそれは、クロームメッキと粘膜が完全に一つになるように、ある形式が別の形式と一致するようなものだ。死と性の一致についても同じようだ。というのは両者ともどちらかといえば官能の喜びに応じて連なる、ある種のスーパーデザイン技術の範疇にあるからだ。とはいうものの、官能の喜びなどとは論外であり、単なる排出と言うべきだ。いく筋にも走る傷口に、暴力的意味も隠喩的意味さえなく、それ以上にこの小説を通して語られる交接にも精液にも、官能的意味はない。それらは印にすぎない——小説の最後の場面では、彼の精液で車の残骸にX印をつけてしまう。

官能の喜び(邪悪であろうとなかろうと)は、いつでも実在する物の、だがとりわけ幻覚的な技術装置や、機械の手で仲介されてきた——つまりそれは常に芝居やガジェットを通して操作せざるを得ない。この小説の官能の喜びとはオルガスムにすぎない。つまり同じ波長で技術装置《テクニック》の破壊力とごちゃまぜになり、技術と全く同質になる。だからその結果、技術はたったひとつの物、すなわち自動車に集約されるのだ。

われわれは、とてつもない渋滞に巻き込まれた。高速道とウェスタンアベニューのぶつかる地点から、立体交差への登りランプに至るまで、どの車線も車で詰まっていた。フロントガラスはロンドン西方の郊外に沈みゆく太陽の残り陽を照り返していた。ブレーキのライトは巨大なセルロースのような車体が連なる中で炎のように夕暮れの空をこがしていた。ヴォーンは窓から腕をのばし、いら立たしげに車体をたたいた。右手に並んだ二階建てのバスの壁はおそろしく高く、まるで顔の絶壁のようにみえた。窓ガラス越しにわれわれをながめていた乗客は納骨堂の死者の行列を想い起こさせた。われわれをもっと心地良い天体軌道にまで投げ飛ばそうとする二〇世紀の莫大なエネルギーは、こんな無感動な状況を維持するために使い尽されようとしている。(一七三頁)

私のまわりに、ウェスタンアベニュー沿いに、立体交差のランプ沿いのどこでも、見渡す限り交通は渋滞していた。事故のせいだ。私は、といえば麻痺した嵐のまっただ中に立ち上がり、すっかり穏やかな気分になった。まるで無限に増え続ける車に強迫されていたのを誰かが、やっと楽にしてくれたようだった。(一七八頁)

しかし、『クラッシュ』の技術と性の混合という中で、もうひとつの次元を切り離して考えることはできない(死の作業の中で技術と性は結合したのであり、決して喪の作業ではない)。つまりそれは写真と映画の次元だ。車の流れと事故で埋めつくされ、輝く路面には奥行きがない。ところがその路面はいつでもヴォーンのシネカメラのレンズで倍増される。彼はまるで人相書きのカードのように事故の写真をストックし、蓄め込むのだ。彼が挑発する決定的な事故の総稽古(自己の交通事故死と、エリザベス・テーラーと衝突し、その女優と時を同じくして死ぬこと、その衝突は模擬《シミユレ》され、数カ月もかけてたんねんに調整された)は映画撮影の時に行なわれるのだ。このような世界はハイパーリアルなことと無関係には成り立たないだろう。二次的な視覚メディアを倍増したり拡大するだけでも技術と性と死の融合をもくろむことができる。ところがこの小説の写真はメディアでも、何かを表現するものでもない。イメージの《補足的》抽象化や、派手なイメージの強制が問題になるのでもなく、ヴォーンの立場は決してのぞき魔やよこしまなものでもないのだ。写真のフィルム(ちょうど車やアパートにあるカセットテープのように)は交通とその流れの普遍的で、ハイパーリアルで、金属化され、肉化されたフィルムの一部なのだ。写真は、メディ

ア と同様に技術でも肉体でもない――それらはすべてが同時性を持っているのだ。事件の予感がその事件の再現と完全に一致し、さらに《実在》する事件を生んでしまう宇宙の中で。時間にも奥行きがない――おしなべて過去であり、その代わりに未来は存在するのをやめる。事実、シネカメラの眼こそ時と入れ代わる。と同様に情動の奥行きも、空間の奥行きも、言語の奥行きも別の奥行きと入れ替わる。だがそれは別の次元ではない、それは単にこの宇宙には秘密がないことを意味するにすぎない。

マネキン人形は後部席でじっと動かず、そのあごは風の勢いで上向きになっていた。その手は、といえばちょうどカミカゼのようにエンジンの操縦桿にむすびつけられていたし、胴体には計測器がびっしりと取りつけてあった。その前には、同様に無感動な表情で四体のマネキン――一家族――が車の中にすわっていた。それらの顔にはわけのわからぬ記号が描かれていた。

ピシャとむち打つ音が聞こえた。計測用のコイルがレールわきの草むらを空転し飛び出た。モーターサイクルは車と正面衝突し、金属的暴発が起こった。二個の器具は啞然と立ちつくす観客の最前列の方に飛んだ。モーターサイクルとそのドライバーは、車のボンネットを越え、フロントガラスをたたき、屋根の上で飛びはね、黒いかたまりはコナゴナに散った。車は牽引ロープの上を三メートルほど後退し、レールをまたいで停止した。ボンネット、フロントガラスそして屋根はへしまがった。その内側では家族皆ゴチャゴチャに投げ出されていた。ちぎれた女の胴体は破れたフロントガラスから飛び出した……。車の周囲一面に敷かれたガラスの破片にはマネキンの顔や肩からもぎ取られたグラスファイバーの屑が星のように散りばめられていた。まるで銀色の雪、あるいは不吉な紙ふぶきのように。ヘレンは私の腕をとり、ちょうど精神障害に打ち勝とうとする子供を助ける風情で《ビデオでみんなもう一度見られるでしょう。事故はスローモーションで映るでしょうから》。（一四五頁）

『クラッシュ』の中では、すべてがハイパー機能的だ。というのは車の流れと事故、技術と死、性とシミュレーションなどはまるでひとつの巨大なシンクロ機械だからだ。それはハイパーマーケットの宇宙と同じだ。そこで商品は《ハイパー商品》となり、商品と商品にまつわるふんいきも絶えざる流れの中であらかじめ身動きできない状態にある。だが、それと同時に『クラッシュ』の機能主義は、自分自身の合理性を使い果たしてしまう、なぜならその機能主義は機能から離れることを知らないからだ。それこそ逆説的な限界にまで至り、その限界を焼きつくしてしまうラジカルな機能主義だ。それは突然名づけようもない物となる。だからこそとてつもなく面白いのだ。善でもなければ悪でもない。両義的だ。死あるいは流行のように、この機能主義は突然近道をする物(un objet de traverse)になる。ところが、古きよき時代の機能主義とは、まさにそこが論争の的だが、それとはまったく違うのだ——つまり広い道筋より早く行きつける路、あるいは広い道筋では行けない場に至る路、もっと良く言いかえれば、そしてリトレ（Littré）をパタフィジックにパロディー化すればこんな風だ。《どこにも行きつけない路、だが別の路よりそこに早く行きつける路》。

この点こそ『クラッシュ』と他のあらゆる、あるいはほとんどのＳＦとの差だ。ＳＦはいまだに機能／

非機能という古めかしい二つの概念の周辺にあり、あたり前の宇宙にあるのと同じ力学や同じ目的通りに、未来を投影する。そこでフィクションは現実（あるいは宇宙）を超えるが、これも同じ約束事に従っている。『クラッシュ』にはフィクションも現実もない。そこにあるものこそフィクションと現実をこわしてしまうハイパーリアルだ。危い退行のかけらさえもない。

　このシミュレーションと死の、突然変異と交代の世界、欲望もなく激しく有性と化し、眼にあまるほどに侵された暴力的な肉体でいっぱいの、だが中性化された世界。強烈に色があふれメタリックで、だが官能にかけては空虚な、超技術的でありながら目的がない世界――こんな世界は善、それとも悪？　われわれにその答えを知るすべはないだろう。ただ魅惑的なのだ、だがその魅惑には価値判断がともなわない。これが『クラッシュ』の奇蹟だ。旧世界の機能主義にいまだ存在する批判と道徳的まなざしは、この小説にはみじんもない。『クラッシュ』はハイパークリティック〔超批判〕だ（この点においても序章で著者の語ることに合意はしない。《それは、技術的な光景の周辺でこれ見よがしにわれわれをそそのかす目障りな光につつまれた兇暴な世界に対して警戒しようとする前兆機能だ》）。このような危機的目標や全否定という解決に至り、そして平凡さと暴力から見事に艶を消し得たのは、数冊の著作と数本の映画だけだ。それは『ナッシュビル』と『時計仕掛けのオレンジ』だ。

　ボルヘスのつぎに、むろん特徴は異なるが、『クラッシュ』はシミュレーション宇宙の第一級の作品だ。この作品にこそ今後われわれがあらゆる場で直面する問題点がみえる――マスメディアと化した物体（ネオン、コンクリート、クルマ、エロ機械）が一種の変化を起こし、強力なイニシェーションの力が走りぬけたかのごとく、非象徴宇宙が現われる。

けたたましいサイレンの中を最後の救急車が遠ざかった。皆それぞれの車にもどった。ジーンズ姿の少女がわれわれの横を通りぬけた。連れの少年は少女の腰に腕を回し右の乳房をやさしくなぜた。指のつけ根で乳頭をこすりながら二人はステッカーが一面に貼ってある黄色のオープンカーに乗り込んだ……。強い性欲の香りが空中をただよう。われわれは説教を聞いて聖域を立ち去ろうとする修道会の会員のようなものだった。その説教はわれわれを、友人も他人をも性欲の儀式にかり立てようとしているのだ。今遭遇してきたばかりの血ぬられた聖体の意外な儀式をそれぞれのパートナーと共に再現しようと暗やみの中を走りつづけた。(一七九頁)

13章　シミュラークルとSF

シミュラークルの三段階――

――自然のシミュラークル、自然主義的シミュラークル、像とイミテーション（模造）とコントルファソン（偽造）に基づくシミュラークル、調和がとれた楽天主義的シミュラークル、そして神の像に似せて自然を理想的に復元あるいは造りあげようとする。

――生産的シミュラークル、生産主義的シミュラークル、エネルギーに基づくシミュラークル、その力、その物質化は機械にたより、あらゆる生産システムに及ぶ――絶えざる世界化と発展、無限のエネルギー解放といったプロメテウス精神をめざす（欲望とは、このシミュラークルの段階に関連するユートピアの一部だ）。

――シミュレーションのシミュラークル、情報、モデル、サイバネティックスゲームに基づく――あらゆる操作性、ハイパーリアル性、それはあらゆる管理をめざす。

第一の段階にはユートピアの空想が対応する。第二段階には文字通りSFがピッタリだ。第三段階――この段階に対応する空想がまだあるだろうか。多分、古きよき時代のSFの空想は死に、何かしら別のものが生まれ出ようとしているかもしれない（小説のようなものだけでなく、理論の上でも）。浮遊と不確定という同質の宿命がSFを終らせる——と同時に特殊ジャンルとしての理論にも終止符を打つ。

ある距離を隔ててしか実在も、空想も存在しない。実在と空想との距離はもちろんのこと、一方的にモデルに有利に働くようにこの距離がなくなったり、吸収されたりする時は、一体どうなるのだろうか。というのは、シミュラークルのある段階から別の段階に移ると、観念あるいは批判を投影する唯一の場であるこの距離を吸収しようとする傾向が見える。つまり、

——その距離はユートピアで最大だ。そこでは卓越した世界、根本的に異なる宇宙を描く（ロマンチックな夢は個人にまかされた形でいまだにそんな傾向にあり、そこでは卓越性が無意識の構造の中にまで奥深く描かれる。ところが結局実在する世界から離陸するには最長距離にあり、それは実在という大陸に対するユートピア島だ）。

——SFではその距離は眼に見えて小さくなる。つまりSFは、しばしば生産という実在世界の途方もなく大きな投影にすぎない。ところがその質は変わらず、機械工あるいはエネルギー論の延長であり、速度や強度はn乗になるのだが、そこに至る公式や筋書きなどは機械的で冶金的なものなどと同じだ。それはロボットの投影的実体だ。（前工業化時代の限られた宇宙では、ユートピアは観念的な二者択一的宇宙と向かい合っていたのだった。無限な生産能力のある宇宙で、SFは大きな可能性を自ら付加したのだ）。

——モデルが内在する時代に至って、この距離は消え去る。モデルはもはや卓越性や投影を形造らず、

実在に対する空想をも形成しない、モデルはそれ自体実在の先取りなのだ。だからフィクションの先取りがつけ入るすきなどまるでない――モデルは内在するものだから、どんな空想的な卓越性もつけ入るすき間はない。そこに開かれた領域はといえば、サイバネティックな意味でのシミュレーションの領域、つまり、これらのモデルをあらゆる方向に操作する領域だ（シナリオ、シミュレーションされた状況の設定、など）。したがって、このモデルの管理操作と、実在そのものの操作とを区別するものは何もない。つまりフィクションはもはや存在しない。

現実はフィクションを越えることができたようだ。それは空想のせり上がりが起こり得る最も確かな印だった。ところが実在はモデルを越えるというわけでもなく、実在はアリバイでしかない。

現実原則が支配していた世界では、空想は実在のアリバイだった。ところが今日、シミュレーション原則が支配する宇宙で、モデルのアリバイと化したのは他ならぬ実在だ。逆説的に、実在こそ、われわれにとって正真正銘のユートピアとなったのだ――しかしそのユートピアには、可能性という段階がない。だからまるで失くした物のようにユートピアを夢みる他ないのだ。

多分、サイバネティックスとハイパーリアルな時代のSFは、《歴史的》世界の《人工的》復活の渦中で消耗しつくすしかないだろう。試験管の中で細部に至るまで復元しようとして、例えば古い世界のエピソード、事件、人物、革新的イデオロギーなど、そこから意味とそれらのオリジナルなプロセスを抜いて、それでも回顧的真実の幻覚でしかない。これがフィリップ・ディックが描く『シミュレイクラ』と『分離戦争（Sécession）』だ。それは三次元の巨大なホログラム、そこで、フィクションは未来に向かって張られた鏡ではありえず、過去の絶望的な幻覚だ。

われわれは、もはや別の宇宙を想像することはできない。そこでもまた、卓越性の恵みがもぎ取られているからだ。古典的なSFとは発展途上にある宇宙のSFであり、言うまでもなくそれは一九世紀や二〇世紀の探険とか、植民地化のような最も地上的なやり方と同じ宇宙探険物語の中で道を切り開こうとしてきたのだ。だがそこに因果関係はない。というのは地上空間が今日実質上コード化され、地図化され、調査され、飽和状態にあり、それを世界中に拡大させながらも、地上空間はいわば閉塞されているからでもなく――商品のみならず価値、記号、モデルなどの宇宙市場は、空想にこれっぽっちの場も残しはしない――SFの探険的宇宙（技術、精神、天体）でさえ機能しなくなったのは、こんな理由だけによるのでもない。この双方が厳密に関連し、それらは過ぎ去った世紀の特徴であった爆発と発展の巨大なプロセスに続いて起こった内破という一般的なプロセスの上にある二つの斜面だからだ。あるシステムが限度に達し、飽和状態になると元の状態にもどろうとする――空想の中にもまた何か別のことが起こった。

今までわれわれには空想の蓄積があった――現実の係数は空想の蓄積に比例し、それが現実に特別な重量を与える。これは地球の上や宇宙空間の探険にも当てはまる。つまり、未開地が全くなくなり、それが空想にゆだねられる時、地図がすべての領土をおおってしまう時、何か現実原則のようなものが消える。宇宙征服とはこのような意味で行なわれ、地上の照合系を失う非可逆的な入口というわけだ。宇宙の限界が無限に向かって後退すると、有限宇宙の内的調和を保とうとして、現実は損なわれる。天体征服のつぎに試みた宇宙征服とは、人間的空間を反現実化したり、人間的空間をシミュレーションのハイパーリアルに置き換えようとする行為にも等しい。二寝室／台所／シャワー付きを最新の月型モジュールに従い、宇宙力で軌道上に建てる、こんなものがその証拠だと言えなくもない。日常性、それがたとえ地上の住宅であっても宇宙的価値の仲間に入り、空中で実体となる――つまり宇宙の卓越性の中で実在が衛星となるのだ――形而上学が終り、幻視が終り、SFが終り、そこにハイパーリアリティー時代が始まる。

そのときから何かが変わらねばならない。つまり投影とか、既知なものから未知なものを引き出すような、SFの魅力だった拡大、縮尺図法的スケールは望めない。実在に立脚して非実在を生み出したり、実在の資料に基づいて空想を生むことも不可能だ。プロセスは、どちらかといえばその逆だろう。例えば、的外れのシチュエーションやシミュレーションのモデルを配置し、そしてそれらに実在の、平凡な、体験された色あいを与えようと工夫をこらし、フィクションとしての実在を蘇らせることになるだろう。なぜならまさに実在が、われわれの生活から消えてしまったからだ。実在や実体験や日常性などの幻覚。だがそれらは時として奇妙な不安をいだかせるほど細部に至るまで復元され、あたかも保存用の動物や植物のように、それとわかるほど精密に復元される。ところがそれらには実体がともなわないのだ。前もって反現実となり、ハイパーリアルになっているからだ。

SFに発見のたのしみをゆるしていた気ままな自由と《ナイーヴさ》、それのみが拡大し、SFはこのような意味で、もはやロマネスクではなかろう。むしろそれはわれわれが今現在抱いている宇宙の概念通りのイメージの内側で変化するだろう。シミュレーションの断片や、今やわれわれの世界となってしまった《実在》と呼ばれるあの普遍的なシミュレーションの断片を再び生き返らせ、再びアクチュアルなものとし、今一度日常化させるすべをさがしながら。

このような転換、こんな状況の逆転に今すぐ答えてくれそうな作品はどこにあるだろうか。明らかにK・フィリップ・ディックの小説『グラヴィタン（Gravitent）』だと言えなくもない（が、そうだとも言い切れない。というのはまさしくこの新しい宇宙は《反引力的》だ。あるいはたとえ引力があっても、それは実在の穴のまわり、空想の穴のまわりなのだ）この新しい空間の中で。

この小説では、どちらかはっきりした宇宙や、民俗的だとか宇宙的エキゾチズムにねらいを定めてはいないし、ギャラクシー武勇伝でもない――そこは一挙にシミュレーションの中だ。原点もなく、内在的で、過去も未来もなく、あらゆる座標（精神的、時間、空間、記号の）が浮遊する――それは平行宇宙でも、複製宇宙でも、想像し得る宇宙でさえない――可能でも、不可能でも、実在でも非実在でもなく、ハイパーリアルだ――それは全く別物のシミュレーションの宇宙だ。というのはディックがことさらシミュラークルについて語っているからではない（SFはいつでもそうしてきた。だがSFは分身や代役や、人工的あるいは空想的な二重化を話題にしてきたのだった。ところがこの小説では分身は消え、存在もせず、初めからひとつしかないもう一方の世界にいるのだ。その世界はもう一方の世界を反射し得る鏡も、投影もユートピアもない世界だ――シミュレーションとは乗り越え難く追い越し難く艶消しのものであり、外側に在るものでもない――われわれは《鏡の向こう側》にさえ通り抜けないだろう。そのようなことは超越性がまだ生き生きとしていた時代のことだった）。

より説得力のありそうな例はといえば、バラードの小説とその展開だろう。初期の極度に《幻覚的》で、詩的で、夢幻的で、なじみにくい小説から『クラッシュ』まで、それは確かに（『ハイライズ』や『コンクリートの島』以上に）たったひとつではないにしても、SFの現代的なモデルだ。『クラッシュ』、それはわれわれの世界だ。そこには何の《作りごと》もない。物語のすべてではハイパー機能的なのだ。車の流れと事故、技術と死、性とカメラのレンズ、それらすべてがそこでは同時性を持ち、シミュレーション化した大きな機械のようだ。つまりわれわれ自身と、われわれをとりまくあらゆるモデルを虚空の中で加速し、混合し、ハイパー操作する。これが『クラッシュ』と他のほとんどのSFとの差だ。他のSFは、いまだにほとんど古くさい対《つい》（機械と機械工）、機能／反機能の周辺を話題にし、同じ筋道で、同じ目的通りに、未来に向けて《通常》な宇宙を投影してみせる。フィクションはそこで現実をのり越えることができる（あるいは逆に、そうであればもっと微妙だ）、だがそれも同じようなルールに従って。『クラッシュ』にはフィクションも現実もない、その両者を消すのはハイパーリアル性だ。われわれと同時代のSFがあるとすれば、まさにそれだ。『バグ・ジャックバロン』〔ノーマン・スピンラッド〕そして『ザンジバーに立つ』〔ジョン・ブラナー〕に描かれたいくつかの箇所だ。

　実際こんな意味のSFはもはやどこにも存在しない、だがSFはモデルの循環の中にはどこにでもある。シミュレーションで囲まれた明らかな理論の中にこそ、いまここに、SFは存在する。この操作的世界の内在性だけが、SFのあるがままの状況を浮かび上がらせるだろう。SF作家の一体だれが次のような《現実》を《想像》（だが当然、このことは《想像》するようなものではないが）しただろうか。西ドイツのシミュラークル工場では、失業者を伝統的なあらゆる作業工程に見合った職場に再雇用した。ところが何もしないのだ。あらゆる作業は大きなネットワークの内側で、ある工場から別の工場に発注し、競争し、文書を作成し、経理をする、といったゲームとして消えていった。物質生産は絵そらごとの中で倍増された（このようなシミュラークル工場のひとつは《現実的に》倒産さえし、またもや失業者を出すに至った）。これこそシミュレーションだ。つまりこんな工場は見せかけの工場というのではなく、まさしくこの工場こそ実在であり、ハイパーリアルであり、突然それらの工場があらゆる《本物の》生産、《まじめな》工場の生産を、同じハイパーリアルなものに帰してしまったのだ。ここで魅惑的なことは本物の工場／見せかけの工場、の対立ではなく、その反対に両者の見分けがつかないことだし、その結果この《シミュラークル》工場と同様に他の生産にも、照合するものも、重要な究極目標もないことだ。このハイパーリアル主義が無差別であることが、このエピソードの《SF的》本来の価値だといえよう。だからSFをとりたてて、創作する必要はあるまい。SFはすでにそこにある。秘密も奥行きもない世界を浮かび上がらせているのだ。

複雑なSFの世界で今最もむずかしい作業は、いまだに生産的／投影的な秩序である第二段階の空想に（大部分はそうだが）従属しているものと、空想と見分けがつかずシミュレーションの第三段階に特有のこの浮遊に依存するものとを見分けることだ。このようにして初めて、第二段階独特の機械工的ロボット機械と、サイバネティックス機械、コンピューターなどの明らかに第三段階に属するものとを明瞭に区分できる。だがひとつの段階が別の段階を汚染する可能性は充分ある。そしてコンピューターは第二段階のシミュラークルの生産的天分をみせつつ、機械工的スーパーマシーン、スーパーロボット、超能力機械として機能するだろうことは充分考えられる。つまりコンピューターは、そこでシミュレーションのプロセスとして作用せず、相変らず目標の定まった宇宙の反映として機能する（『二〇〇一年宇宙の旅』のコンピューターや『ザンジバーに立つ』に登場するコンピューター（Shalmanezer）の反対感情の両立と反乱もこの範疇に属する）。

オペラ的なもの（演劇的側面、演劇的でファンタスティックな機械設備、技術の《グランドオペラ》）、これは第一段階と対応し、操作的《オペラトワール》なもの（工業的側面、生産的、力とエネルギーの行使）、これは、第二段階と対応する。そして操作主義《オペラシヨネル》なもの（サイバネティックスな側面、危険な《メタ技術》の浮遊）、これが第三段階に対応する。ＳＦの世界ではこの三段階の間で今なおあらゆる干渉が起こるだろう。だが最終段階こそわれわれにとって真に興味深いものなのだ。

14章　動物──テリトリーとメタモルフォーズ

宗教裁判の死刑執行人は何が望みだったのか。「悪」の告白かそれとも「悪」の原則なのか。被告人達に、彼らの罪は偶発的でしかなく、神の秩序における「悪」の原則の影響でしかなかったと言わせるべきだった。こうして告白は安全な因果律と拷問を復活した。拷問で悪を追放するといっても、それは悪を原因に仕立て上げた（自虐的な意味でも贖罪の意味でもなく）だけのことだった。さもなければ、ほんのささいな邪説でさえ、ありとあらゆる神聖な創造物を疑わしいものにしたはずだ。同様にわれわれが実験室やロケットで科学のためにあの実験という残忍なやり方で動物を使い、消耗させる時、われわれはメスと電極の下でそれらの動物にどんな告白をさせたいというのだろうか。

まさに科学はいまだかつて告白の客観性に確信をいだいたことはなく、その点に関してひそかに絶望的なのだ。動物達に彼らは獣ではないと言わせるべきだ。理性に照らして根本的に不可解で奇妙なものを内在させる獣性も野性も存在しない。その反対に最も獣的で、奇妙で、異常な行為は、生理的メカニズムとか、頭脳的連結などに姿をかりた科学の中にあるのだ。動物の獣性とそれに対する疑念の原則は消し去らねばならない。

だから実験とは、ある目標を達するための手段ではなく、アクチュアルな挑戦であり拷問なのだ。実験とは明瞭にわかることを生み出すことではなく、科学の告白を奪いとるものだ、かつて人々が信仰の告白を奪い取ったように。告白されたのは、病気と狂気と獣性とを明らかにへだてるものが、因果律の透明性の中にあるほんの小さなひび割れにすぎないことだ。かつて崇高なる理性を証明したように、このような証明は絶えずあらゆる場で再び試みるべきだ——こんな意味で、われわれは皆動物だ、実験用の動物だ。人々はその動物から、終局的には合理性を充分証明する反射的行動を引き出そうと絶えず試験をくり返し ている。不可解な秩序や野性の秩序を追い払いながら、獣性はいたるところで反射的な動物性に従わねばならない。だからこそまさしくわれわれにとって沈黙の中にいる獣はいまだに化身のままだ。

それゆえ動物は、われわれに先んじて自由を全く失ってしまう運命をたどってきた。現代的な動物の取り扱い方を見れば、飼育の過程で、人間の操作と強硬な工業的実験がどんなものであったかが思い出される。

リヨンの会議に集合しよう。ヨーロッパの獣医は工業的飼育に蔓延しつつある精神的動揺と病気を憂えている。

（『科学と未来』一九七三年七月）

兎に異常な不妊が高まり、排泄物を食べたり不妊になる。兎は生来《不安》で《適応性のない》もののようだ。感染と寄生に最も敏感だ。抗体はあまり効き目がなく雌は不妊となる。自然に死亡率は高まって

165　14章　動物——テリトリーとメタモルフォーズ

いるといえる。
鶏のヒステリーはグループ全体に及ぶ。《心理的》集団的緊張は危機的なほどだ。つまり皆一緒に、四方八方に向かって叫び、飛び立とうとする。危機が過ぎると崩壊と一般的恐怖が来る。動物は隅に身を隠し、声を立てず身動きもしない。最初のショックで、危機は再発する。それは数週間続くだろう。鶏にトランキライザーを投与しようとした……。

豚では共食い《カニバリズム》だ。動物は自分を傷つける。牛は周りのものすべてをなめようとし、時として死に至る。

《飼育動物が精神的にまいっていることは確かだ……動物精神病院が必要だ……フラストレーションの心理現象は正常な発育を妨げる》

暗闇、赤い光線、ガジェット、トランキライザー、手のほどこしようもない。鶏にはピック・オーダーと呼ぶ餌を食べるヒエラルキーがある。こんな過密な条件では、最後の鳥は餌にまったくありつけない。そこで別のシステムで分配し、このピック・オーダーを廃し、民主化しようと試みた。失敗だった。なぜならこの象徴的な秩序の破壊は鳥に混乱を起こし、不安は慢性化した。非常識もはなはだしい。民主的良心が部族社会に引き起こした同類の被害はよく知られたことだ。

動物が、精神に反応するような身体になる！　すばらしい発見！　癌、胃潰瘍、心筋梗塞がネズミ、豚、鶏に！

この著者の結論は次の通りだ。唯一の治療は空間だ——《もうすこしの空間があれば、観察されるような混乱はなくなるでしょう》。どちらにせよ《動物の境遇はみじめな状態ではなくなる》。彼はこの会議に満足し《飼育動物の境遇に関して今現在心配なことは、もう一度よく理解したうえでモラルと利益認識を調和させることにあるように見うけられる》《自然に対して何をしてもいいわけではない》。混乱は重大になり企業の生産性を損なった。収益の低下が企業家を動物により正常な生活条件をとりもどさせようとした。《正しい飼育には、動物の精神的バランスにも注意すべきでしょう》。そして彼は人間が田舎で過ごすように動物も精神的バランスをとりもどすために田舎で過ごす時代を予測したのだ。

《ヒューマニズム》、《正常な状態》、《生活の質》とは、収益のエピソードにすぎなかったのだ、とどれほど語ったことか。利益を生む病気の動物と、工業的に密集した人間、労働の科学的オーガナイゼーションと流れ作業の工場などの類似ははっきりしている。《生活の質》や、《任務の向上》などを革新したり、再びでっち上げたりしながら、あるいは工場の《人間》科学や《心理＝社会学》の領域などを発見しつつ、ここでもまた《飼育家》資本家はなげかわしくも開発方法の再検討に至った。取りかえしのつかぬ死のみが、流れ作業にたずさわる人間より、動物に起こったことがらをよりまばゆいものにしているのだ。

工業的な死のオーガナイゼーションに抵抗したくても、動物には自殺以外の手段も挑戦の方法もない。表現し得る異常のすべては自殺に向かう。このような抵抗は、工業的には（生産性の低下で）失敗だった。だがその抵抗は専門家の論理に激しいゆさぶりをかけているようにみえる。反射的行動と動物——機械の論理、つまり合理的な論理にとって、このような異常は評価し難いのだ。そこで自由で人道主義的治療にのっとって非合理的で調子はずれの心理現象を、動物の心理に当てはめようとする。死という最終目的だけは変えることなく。

このようにして、もし動物が予定通りに死ななければ、無邪気にも動物心理現象の新しく未知な科学領域の発見をしてしまうわけだ。それと同じように、単に囚人を牢獄に入れておくことができなくなると、囚人の心理学、社会学、性欲を再発見する。[1] 囚人が牢獄でがまんするためには自由と性欲と《正常さ》が必要だとか、同様に工業化された動物が規準通りに死ぬためには、ある程度の《生活の質》が必要だ、などの発見に至る。これらのことは、何の矛盾もない。労働者でさえ生産の至上命令に答えるには責任感と自主管理が必要なのだ。これらのことは、人間は皆、適応状態にあるためには、ある心理現象が必要になる。心理現象がふってわくのも、意識的であれ、無意識的であれ、他に理由はない。そしてこのような黄金時代は、いまだつづいている。だが、あらゆる領域で合理的な社会化ができなくなったことと、偶然にも一致するようだ。もしも人間を《合理的》な行動に還元し得たとしたら、決して人間科学も、精神分析も生まれなかっただろう。極端に複雑ではあるが、あらゆる心理学的発見とは、(労働者を) 死に至るまで利用し得なかったり、(囚人を) 獄中で死なせ得なかったり、(動物を) 死ぬほど太らせられないことにも由来する、それも等価の厳密な法則に従って。つまり、

——何カロリーのエネルギー量と〔それが支出された〕時間数＝どれだけの労働力

——どんな違反＝それにふさわしい懲罰

——食料の量＝最適重量と工業的死

これらすべてがうまく運ばなくなる、すると心理現象、精神現象、神経症、社会＝心理などが生まれる。だがそれは決して狂気の方程式を打ち破るためではなく、妥協の等価原則を復元するためだ。

総量（somme）獣は人類のために働かねばならぬ。勧告（sommation）獣は科学の尋問に答えねばならぬ。消費（consommation）獣は工業の肉となった。精神に反応する身体（somatisation）獣は、今日《心》（psy）言葉を話し、そして彼らの心理現象と無意識の犯罪に対応するようになった。彼らに起こったことはすべてわれわれにも及び、われわれの運命は、彼らと無関係ではない。このことは、「獣性」の上に「人間性」の絶対的特権を築き上げようとして使い尽されてしまった「人間的理性」に対するにがい復讐のようなものだ。

獣が非人間的な立場になってしまったのは、理性とヒューマニズムの進化に沿ってでしかなかった。それは人種差別の論理と類似している。「人間」が生存してからでしか客観的な動物《界》は存在しない。動物が敬われるべき存在であった系譜をたどるのはあまりにも長すぎる。だが現在それらを分かつ深い溝がある。つまり動物をわれわれの身代わりにして恐ろしい宇宙と実験室に送り出すことを可とする溝と、動物をまるで見本のようにアフリカの保護地域や動物園という地獄に保護しつつ排除しようとする溝が――なぜなら、われわれの文化は死者と同じ様に、動物にとってももはや、住み家ではないのだ――それらすべては人種差別的でセンチメンタルな気分でおおわれている（イルカの子供、ブリジット・バルドー）。このような人間と動物を分かつ溝は、家畜化以降のものだ。ちょうど本来の人種差別が奴隷制度以降の産物であるように。

かつて獣は人間より神聖で崇高な特性を持っていた。未開人には《人間》界さえなく、長期間にわたり、動物の秩序が照合《レフェランス》の秩序であった。動物のみが神として供犠に価し、人間の供犠は堕落した秩序に従って後に現われたにすぎない。人間は動物の仲間入りをして格が上がるのだ。したがってボロロ族（Bororos）はアララ鸚鵡（araras）《である》〔レヴィ＝ストロース『悲しき熱帯』〕。このことは前論理的《プレロジック》〔レヴィ・ブリュール〕だったり、精神分析的な秩序ではない――分類のための心理的秩序でもない。そのことについてレヴィ＝ストロースは動物の人形《ひとがた》に還元した（その上、動物が言葉を話した、とは全く裏話にちがいないが、これもまた動物の聖なる特質に由来する）――ところが、そうではなくボロロ族とアララ鸚鵡とはひとつのサイクルに属していて、そのサイクルの形態があらゆる生物の区分や、われわれが依存しているような明瞭な対立を拒否することを意味している。構造的対立は残酷で、明瞭にアイデンティティを区分し対立する、これが「人類」の区分であり、そのあげく獣を非人間の中に打ちすてた――このサイクル、それはまさしく象徴的だ。つまり可逆的な鎖のような連なる位置をなくしてしまう――こんな意味でボロロ族はアララ鸚鵡《である》。カナック（Canaque）が死者は生者の中を歩きまわる、といったのは、これと同じ意味だ（ドゥルーズが『devenir-animal』の中で《ピンク色の豹たれ》と言うのはこんなことを指すのだろうか？）。

それはともあれ、獣はわれわれの時代まで、神聖で供犠的な貴族であり、あらゆる神話はその事実を物語る。実験的解剖とは反対に、狩猟で動物を殺すことでさえまだ象徴的関係なのだ。工業化された飼育とは逆に、家畜化でさえまだ象徴的関係だ。そのためには、田舎社会での獣のあり方を見るだけでいい。だからといってある土地や、部族、獣が属している親族のシステムを前提とする家畜化の立場――保護下にも置かれず飼育もされない唯一の獣のたぐい――と、犬、猫、小鳥、ハムスターのように、飼い主の愛情で皆剝製にされるような屋内の動物の立場とを混同するべきではない。神聖なる供犠からバックグラウンドミュージック付きの犬の墓に至り、宗教的挑戦からエコロジー的感情移入に至った道のりは、それだけでも充分人間の立場の俗化を物語っている――それは、くり返しになるが、両者の意外な相互性を見せつけている。

特にわれわれの獣に対する感傷は、まぎれもない軽蔑の印であり、その部分でわれわれは獣を支えている。感傷はこんな軽蔑と比例する。無責任さと非人間性というつき放され方に応じて、獣は愛情と保護というう人間儀式にふさわしくなる。まさにつき放されるにつれて子供が無垢で無邪気な立場になるのと同じだ。感傷とは極度に堕落した形の獣性にすぎない。人種差別的同情でわれわれは獣自身を感傷的な動物にさせるほど異様な姿に変えた。

かつて動物を犠牲にした人々は、動物を獣としては扱わなかった。中世でさえ、形式通りに動物に死を宣告したり罰したりした人々は、われわれよりも先人に近く、その作業は彼らを怖がらせた。彼らは獣を罪ありとしたのだ。つまり動物に敬意を表していたのだ。われわれは獣を何者ともみなさず、それ故、獣にとってわれわれは《人間》なのだ。もはや獣を生贄にすることも罰することもせず、われわれにはそれが誇りなのだ。といってもただ獣を極端に家畜化しただけのことだ。つまりわれわれの正義によりふさわしく、われわれの愛情と社会的同情にピッタリ合い、罰と死によりふさわしい下等な差別社会を、そこから作り上げた。だがそれはまさに肉屋の肉にも等しく、実験と、絶滅にまさしくふさわしいのだ。獣に関するあらゆる暴力の消滅がいま獣の醜悪さをつくった。生贄の暴力、それは《親しみ》の暴力であった（バタイユ）、ところが後に感傷や実験の暴力になる。それは隔たりの暴力だ。

醜悪さの意味が変わった。獣が本来担っていた醜悪さとは、恐怖と魅惑の対象ではあったが決して否定的ではなく、常に両義的だった。それは供犠と神話、中世の紋章学的動物物語、そしてわれわれの夢と幻想の中でさえも交換とメタファーの対象であった――この醜悪さこそ、あらゆる類の脅迫とメタモルフォーズに富み、人間の生気あふれる文化の中でひそかに変化し、そしてそれは同盟のひとつの形でもあった。われわれはその醜悪さを見世物的な醜悪さと取りかえてしまったのだ。例えばジャングルから追い出されたキングコングの醜悪さはミュージックホールの人気物になった。すると突然文化的シナリオは逆転した。かつての文化的ヒーローは恐竜や怪獣をやっつけた――そして流された血は植物や人間そして文化を生んだのだ。今、獣、キングコングが工業化された大都市を荒しにやって来る。あらゆる現実的醜悪さを削除し、醜悪さとの契りと縁を切って死んでしまったわれわれの文化を解放しにやって来るのだ（それは映画の中では女性の原始的天賦の才能で表現されてきた）。この映画の深遠な誘惑は、このような意味の逆転に由来する。つまり非人間性のすべてが人間の側に移り、人間性のすべては自由を奪われた獣性の、女性と獣のそれぞれの誘惑の側に移った。つまりひとつの秩序が別の秩序で醜悪にも誘惑されたのだ、人間性と獣性のように。キングコングは誘惑の力で動物界を人間界にメタモルフォーズさせる可能性、そして人間と獣の近親相姦的混乱とはいえ、決して実現はしないが、たとえそうでなくとも象徴と儀礼的様式の上で、人間と獣の間を結び直そうとして死ぬ。

事実、獣がたどってきた経緯は狂気や子供時代、性あるいは黒人の経緯と異なりはしない。排除、禁固労働、差別の論理、そして必然的にその反対にむかう逆転や、可逆的な暴力の論理は社会すべてを狂気と子供時代、性欲と下位の人種という形に追従させることになる（下位の人種を排除するという、心に重くのしかかっていた、人種に関するラジカルな疑問の削除だ、と言わねばならない）。文明のプロセスの集中化は、まばゆいばかりだ。獣は死者と同様に、そして他の多くのものも、皆殺しという方法でつなぎとめる絶えざるプロセスをたどってきた。それは、まず消し去り、その消えてしまった生物に語らせ、あるいはその消滅を告白させることだ。狂人や子供に、そして性に語らせた（フーコー）ように獣に語らせるのだ。これはますます獣にとって幻にも等しい。というのは獣と人間との関係が切れてから、獣が人間に担わせてきた疑念の原則こそ、獣は語らないことだったからだ。

　歴史をさかのぼれば、狂気の挑戦には無意識という仮説で対応してきた。「無意識」とは狂気を考察し得る論理計算上の装置だ（狂気のみならず一般的な奇妙で異常な組織も）。それも、無意味《ノンサンス》にまで拡がる意味のシステムの中で。そして、それは常軌を逸した恐怖に代わり、これから先ある種のディスクールの形で理解可能だ、つまり心理現象、衝動、抑圧などで。無意識という仮説をわれわれにおしつけたのは狂人達だ、だがその反対にわれわれこそそれらの狂人を無意識の中にとじ込めたのだ。なぜなら、もし、初期に「無意識」が「理性」に敵対し、そこにラジカルな転覆をもたらすようであれば、そしていまだに狂気を断ち切る可能性を秘めているのであれば、後に無意識は狂気に敵対するからだ。というのは、無意識こそ古典的な理性より普遍的な理性に狂気をつなぎとめるものだからだ。

　狂人は、かつて語らなかった。今日だれもが彼らの言葉に耳を傾ける。昔、ばかばかしく、理解できないとされてきた狂人のメッセージを集める格子《グリッド》を見つけた。子供は語る。子供はもはや不可思議で、大人世界にとっても意味をなさない存在ではない——子供は意味し、意味するもの《シニフィアン》となった——彼らの言葉が《解放》されたからではなく、大人の理性が子供の無言という脅威を避けようと、より鋭敏な手段を手に入れたからだ。未開人もまた理解された。人々は彼らに気づかい、未開人の言うことに注意深く耳を傾ける。彼らはもはや獣ではない。レヴィ＝ストロースは彼らの心理構造は、われわれと同じだったと見事に語った。精神分析は彼らの心理構造をエディプスとリビドーとに結びつけた——われわれの作り出したコードはよく機能し、未開人もまたそのコードによく応えた。かつて狂人と子供と未開人を沈黙の下に葬った。だが今彼らを言葉の下に葬るのだ。もちろん《異なった》言葉《パロール》の下に。まさにかつて「理性」の統一というレベルの下で黙殺してきたように、いまや《差異》という合言葉の下に葬っている。それと同じ論理がおしすすめられているのをわれわれは見すごしてはいない。かつてが理性の帝国主義であるなら、いまや差異の新帝国主義だ。

重要なことは、意味の帝国と意味の分割をまぬがれるものは何もない、ということだ。もちろん、それらすべての背後で狂者も、死者も、子供も、未開人も、何もわれわれに語りかけはしない。そして実はわれわれは彼らのことは何も知らないのだ。だが「理性」は面子《メンツ》を保ち、すべてが無言をまぬがれる、ということが大切なのだ。

獣は何も語らない。徐々に増大する言葉の世界、告白と言葉を強要させる世界で、獣のみが無言のままだ。それゆえ獣はわれわれから遠く離れゆくように見える。真実の地平の彼方に。

ところがわれわれは獣と仲良しだ。大切なことは彼らが生きてゆくための生態に問題があるのではない。今でも、そしていつでも彼らの無言が問題なのだ。語ることしかさせない傾向にある世の中で、記号とディスクールのヘゲモニーに引き込まれた世の中で、彼らの無言はわれわれが意味を組み立てるためにますます重要になる。

むろん、あるやり方は他の方法より罪深くはないだろうが、あらゆる手法で獣に語らせてきた。獣は寓話の中で、人間のモラルについて語っている。トーテミズムの理論でも獣は構造的ディスクールを支えてきた。獣は毎日のように彼らの《客観的》メッセージ——解剖的、心理的、遺伝子的——を実験室に届けている。獣は美徳と悪徳のメタファーとして、エネルギーとエコロジーのモデルとして、生物工学では機構と形状のモデルとして、無意識に関わる幻覚の記録となって、そしてまた最近、ドゥルーズの《devenir-animal》では、欲望の絶対的非領土化のモデルとして、かわるがわる役立っている（逆説的に、動物を非領土化のモデルにしているが、動物とは、生来、領土《テリトリー》の生き物なのだ）。

メタファー、実験材料、モデル、寓話（食品としての《使用価値》も忘れてはなるまい）など、これらすべての中で、獣は厳密なディスクールを支えている。何がなんでも獣は語らない。というのは獣は問われたことにしか答えないからだ。これが「人類」を人間達の循環コードに追いやる獣の獣らしいやり方だ。そのコードの裏側で獣の沈黙がわれわれを分析している。

人々はありとあらゆる類の排除に続く逆転からのがれることはできない。狂人に理性を認めようとしなければ、遅かれ早かれこの理性の根本を解体することになる——狂人が、ある意味で復讐するわけだ。獣に無意識、抑圧、象徴性（言語と混合された）を認めなければ、遅かれ早かれ、きっとそうなるだろうが、狂気と無意識の断絶の後に来るある種の断絶の中で、今日われわれを支配し、特徴づけているこれらの概念の有効性が問題になるだろう。なぜなら、かつて人類の特権が意識を独占していることに拠っていたとするなら、今日、その特権は無意識に拠っているからだ。

獣に無意識はない、それはよく知られた事実だ。夢は見るにちがいない、だがこれは生＝電気的（bio-électrique）に推測したにすぎない。言語のみが象徴的次元を記録しつつ、夢にある意味を与えるというのに、獣には言語がないのだ。われわれは獣に幻覚を見ることも、われわれの幻覚を獣に投影し、この演出を共有していると信じることもあろう。われわれにとってこんな気楽なことはない――ところが獣はわれわれには理解し難いものだ。たとえそれが意識の管理下にあろうと無意識の管理下にあろうと。したがって強いて獣の意識をつきつめることではなく、逆に、獣がこの無意識という仮説の何に疑問を投げかけ、そしてそれにかわるどんな仮説をわれわれにつきつけるのか知るべきだ。これこそ獣が無言である意味、あるいは無意味なのだ。

かつてわれわれに無意識という仮説を立てさせたのは、こんな狂人の無言だった。それと同じように獣の抵抗は、今われわれに無意識という仮説を変えさせようとする。なぜなら、たとえ獣がわれわれにとって理解不可能であり、理解不可能な存在であり続けたとしても、われわれは獣とある程度物分かりのよいあり方で暮しているからだ。そして、たとえわれわれがそのように暮そうと、それは決して普遍生態学《エコロジージェネラル》という記号の下にあるわけではない。つまりそこは天体のくぼみ〔不安〕のようなもので、プラトン派の洞穴を拡大したものでしかなく、獣のおばけや自然要素などが経済学の生き残りである人間の影とつき合いに来るところだ――そうではなく、たとえ消えつつあるとはいえ、われわれの獣に対する奥深い理解の度合とは、表面的にはそう見えなくとも、メタモルフォーズと領土とを結びつける記号の下におかれている。

獣ほど種の保存にかけては安定しているかに見えるものは他にない。ところがわれわれにとっての獣とは、メタモルフォーズのイメージであり、想像し得る限りのメタモルフォーズだ。獣ほど見かけ上、流浪し、移動するものは他にない。ところが獣の掟とは[2]領土の掟だ。もちろんこの領土の概念を誤解するすべてのものを排除せねばならない。それはある主体あるいはあるグループが自分達の空間で拡大した関係でも、ある種の個人、種族、あるいは生物の有機的な個人所有権などでも決してない――これこそあらゆる生態学に拡大解釈された心理学と社会学の幻覚だ――[3]欲求のあらゆるシステムを集約する環境のマンガ的吹き出しのような生体機能でもない。ある領土とは、空間でもない、その言葉からわれわれは自由と適応とを想像してしまうのだが。本能でも、欲求でも、構造でもない(かつて構造は《文化的》で《行為的》なものであったが)。領土の概念とはそれなりに無意識の概念とも対立する。無意識とは《埋葬され》、欲望が抑圧され、そのうえ、無限に分岐した構造体だ。領土とは開かれていると同時に限定されたものだ。無意識とは主体の抑圧と幻覚の無限なくり返しの場だ。領土とは血縁性と交換の限られた循環の場だ――そこには主体もなく、例外もない。つまり、動物と植物の循環、利益と豊かさの循環、血縁と生物の循環、女性と儀礼の循環――そこに主体はなく、すべてが互いに交換される。そこでは義務は絶対であり、すべてが可逆的だ。しかも一人として死を知らない。なぜなら、すべてがそこで互いにメタモルフォーズするからだ。主体も、死も、無意識も、欲望の抑圧もない。なぜなら形態の連鎖を止めるものはなにもないからだ。

獣には無意識がない、というのは、それらには領土があるからだ。人間に無意識が生まれたのは領土を失ってからのことだ。領土とメタモルフォーズは同時に人間から取り去られた——無意識とは個人的な喪の構造だ。そこではたえず、絶望的に、この領土とメタモルフォーズの喪失が再度上演される——獣とは、こんな失われたもののノスタルジーといえよう。獣がわれわれに問うとすれば、それは次のようだ。われわれは、今すでに、線状性と理性の蓄積効果の向こう側で、意識と無意識効果の向こう側で、循環と限りない逆転の、生《ナマ》で象徴的な様式通りに、限りあるスペースの上に生きているのではないか、と。したがって、われわれの文化の理想的な計画とは、多分あらゆる文化の計画もそんなものかも知れないが、エネルギーを蓄積しそれを最終的に解放することだ。爆発より内破を、エネルギーよりメタモルフォーズを、解放より義務と儀礼的挑戦を、……より領土の循環を、われわれは夢みてはいないのだろうか。だが獣は問いを発せず、無言のままだ。

15章　残　り

みんな取り去ってしまえば、何も残らない。これはまちがっている。

みんなと残り《レスト》の方程式、残りの引き算は初めから誤りだ。

残りがないからではない。残りとはいまだかつて自律した現実でも、それ自身が適切な場を持ったこともない。だから残りとは区分や区画や排除が指示するようなもので……その他に何がある？　残りの引き算で現実の根拠と力が生ずる……その他に何がある？

　奇妙にも残りには、まさに二で対立する項がない。例えば、右／左、同じ／別の、多数／少数、狂人／正常人、など──ところが残り／？　斜線の向こう側には何もない。《総計と残り》、加算と残り、加減乗除と残り──などは明確な対立ではない。

　とはいうものの明確な項でさえあり、高いリズムと特別な要素をもった残りの向こう側にある何かは、奇妙に不均衡な対立の中に、構造ではない構造の中に存在する。ところが、この項には名前がない。無名で、不安定で、定義しようもない。肯定的だが、否定のみがその項に現実的な力を与える。厳密にいって、残りの残りとしか定義できない。

　だから、二つの項が両端にあるような明確に区分された項より、この残りは円環的で可逆的な構造により多くを反射する。その構造はいつでもすぐ逆転する。そこでは、どれが他の残りかが全くわからない。他の構造では、決してこのような逆転やこんななぞにはめるような操作はできない。例えば、男性は女性の女性ではなく、正常人とは狂人の狂人ではなく、右は左の左ではない、など。唯一鏡の中だけで、こんな疑問を投げかけ得るかもしれない。例えば、実在あるいは像《イメージ》のどちらがもう一方の反映なのか。このような意味で、残りとは、一枚の鏡のようなもの、あるいは残りの鏡のようなものだといってもいい。つまりこのような二つの場合、構造的境界線、方向《サンス》を分割する線は一定しなくなった。つまり方向（厳密に文字通り、その用語の尊重すべき状況によって定められたベクトルに従ってある地点から他の地点に行く可能性）は、もはや存在しないのだ。尊重すべき地点は、もはやない——実在より、より実在的な像に座を空け渡そうとして実在は消滅し、その反対に——残りは与えられた地点で、再び現われようとして裏返しになって消える。だが、その裏側が残りだった、など。

社会体《ル・ソシアル》も同様だ。社会体の残りが、社会化されないくず《レジドュ》かも知れず、あるいは社会体そのものが残りかもしれない。つまり巨大な廃棄物ではなかろうか……。その他にも何がある？

なんと、ひとつのプロセスが、完全に消滅してしまい、それが社会体という名前しかないとすれば、それは結局残りでしかないだろう。くずは実在と全く同じサイズになり得る。あるシステムがすべてを吸収し、すべてを加えてしまい、何も残らなければ、その総体は残りに変わり、残りとなる。

ル・モンド紙の《社会》欄を見れば、そこには移民や犯罪者あるいは女性など——社会化されないもののすべて、病理学的症例に類する《社会的》事例が逆説的に掲載されているだけだ。社会欄は《社会体》

が拡大するにつれ孤立させてきた断片を消滅させるポケットだ。社会体の地平で《廃物《レジドュエル》》と見なされ、それらの断片はまさにそれゆえ、自己の領地にわけ入り、拡大された社会性の中に自己の場を見い出す運命にある。このような残りこそ社会的機械を再び軌道にのせ、新たなエネルギーを見つけ出す。だが、すべてが回収され、すべてが社会化された時、何が起こるだろうか。その時、機械は止まり、ダイナミズムは逆転し社会システムのすべてがまさにくずになる。そして発展とともに徐々に社会体はあらゆるくずを排除し、自分自身が廃物となる。廃物的カテゴリーを《社会《ソシエテ》》だと名指しつつ、社会体は自らを残りだと名乗るのだ。

残りの片方が何であるかを確定できないということは、特有なシステムのシミュレーションと末期段階、つまりすべてが残りと廃物になる段階の特徴だ。逆に？？？の残りを分離し、今後ずっとひとつひとつの用語が片方の残りになるような宿命的で構造的な斜線の消滅は、実質上そこに残りはもはやない、という可逆的な局面を浮上させる。この二つの命題は同時に《真》であり互いに他を排除するものではない。両者ともそれ自身可逆的だ。

対立する項がないことと同じくらい一風変わって面白いことがある。それは残りが笑わせることだ。残りをテーマにすればまちがいなく性や死について語るのと同じ類の言葉遊びや、猥褻なことやあいまいなことがらに話がはずむ。性と死とは両義性と笑いをばらまき得る二大テーマだ。ところが残りは、第三番目の、もしかしたら単独のもので、他の二つ〔性と死〕はまさに可逆性という形で、残りに還元される。人はなぜ笑うか、といえば、それは物事の可逆性にだけ笑いがあるからであり、性と死はまさしく可逆的なものだ。つまり、男性と女性、生と死の間で賭けられるものは可逆的だから、人々は性と死を笑う。対立する項さえなく、全円環を単独でまわり、自己の斜線のうしろと、ちょうどペーター・シュレミール(1)（シャミッソー『ペーター・シュレミール　影を失くした男』）が自分の影を追いかけたように、自己の分身のうしろを無限に追いかけるものは、残りの他に何があろう。残りは猥雑、なぜならそれは可逆的で自己自身と交換するからだ。残りは猥雑で笑わせる。まるで単独であることが笑いの種であり、男性と女性、生と死の識別し難いことが心底笑わせるように。

残りは、今や有力な用語になった。この残りが新たな見解の基層となる。非力な用語が残りもののような用語として使われていた時代の、明確な対立論理のいくつかが終る。今やすべてが逆転する。精神分析とは、そもそも残りものの偉大な理論化だ（言いまちがい、夢、など）。われわれを支配するものはもはや生産の経済学ではなく、再生産とリサイクルの経済学——生態学と汚染——残りの経済学だ。狂気に照らされ、今、正常性のすべてが蘇る。狂気とは意味のない正常性の残りでしかなかった。あらゆる領域で名も無きもの《ノン・ディ》、女性、狂人、周辺、芸術における排泄物とくずなど、すべての残りが特権となる。だが、これはある種の構造の倒置や高くなった欲望の抑圧が回帰したり、意味が追加され、過剰になり、残りが回帰したり（過剰と残りとは明らかに同じだ。バタイユが語る過剰の浪費に関する問題は、計算と欠乏の経済学に見られる残りの吸収という問題と同じだ。ただ思想が違うだけだ）、残りから意味がせり上がっただけのことだ。これは斜線の向こう側にある隠されたエネルギーに作用するあらゆる《解放》の秘密だ。だからわれわれは、今まで出合ったこともない立場に直面している。それは単なる残りの倒置とプロモーションという立場ではなく、残りすらないことを引き起こすあらゆる構造と対立の流動性という立場に直面している。というのは、残りはあらゆるところにあり、斜線を楽々と無視し、それ自体相殺されるからだ。

みんな取ってしまったから何も残らない、のではなく、物事が絶えず可逆的であろうとする時には、加算そのものに意味がないのだ。


誕生は残り物だ、誕生がイニシエーションによって象徴的に回復しない限り。

死は残り物だ。死が喪と、喪の集団的祭礼の中で解決されない限り。

価値とは残り物だ。価値が交換のサイクルの中で吸収され、蒸発しない限り。

性欲とは残り物だ。性欲が性的関係を生産する時には。

社会体《ル・ソシアル》自体残り物だ、社会体が《社会関係》の生産となる場合には。

あらゆる実在は残り物だ、
そして残り物すべては幻想《ファンタスム》の中で無限に反復するよう定められている。

あらゆる蓄積《アキミュレーション》は、残りと残りの蓄積にすぎない、そうであるなら蓄積とは結びつき《アリアンス》を断つものだ。

そして累合と計算の線状的無限の中で、生産とエネルギーと価値の線状的無限の中で、蓄積は結合のサイクルの中ですでに完了してしまったことの埋め合わせをする。だから、サイクルを回るものは完全なものになる。ところが無限の次元では無限の斜線の下にあるもの、永遠の斜線の下にあるものすべては（このような時間の蓄積《ストック》、別の類の蓄積《ストック》もそうだが、それもまた結びつきを絶つものだ）残りにすぎない。

蓄積とは残りでしかない。そして欲望の抑圧はその残りを逆さにし、シンメトリーな形にしただけだ。情動と欲望を抑圧した表現の蓄積《ストック》こそ、われわれの新たな結合の拠りどころとなる。

だがすべてが抑圧されれば、何ひとつとして抑圧ではなくなる。われわれはこんな絶対的欲望抑圧の地点近くにいる。そこでは蓄積そのものが崩れ、幻想の蓄積が崩壊する。蓄積とエネルギー、そしてエネルギーの残りにまつわるわれわれの空想のすべては、この欲望の抑圧に原因がある。それが危険な飽和点に達し、その必然性が逆転するとき、エネルギーはもはや解放も、消費も、節約も、生産もされ得ないだろう。つまりこれこそ自らを気化させるエネルギーの概念だ。

今日、人々は残りを、われわれに残されたエネルギーを、残されたものの復元と保護を、ユマニテにつきつけられた問題とみなしている。だがその問題は解決不可能だ。新しく、解放され消費されるエネルギーは再び残りを残すだろう。あらゆる欲望と性欲的エネルギーは新たに欲望の抑圧を起こすだろう。なぜならエネルギーとは、エネルギーをストックしそれを解放する、エネルギーを抑圧しそれを《生産する》といった動きの中で、つまり残りと残りの複製という形でしか理解されないからだ、といっても驚くことはない。

エネルギーの概念を打ちくだくには、エネルギーの消費を極限にまで至らせねばならない。欲望抑圧の概念を打ちくだくには、欲望抑圧を最大に至らせねばならない。仮に〈最後の生態学者によって〉最後のエネルギーが消費され、〈最後の人類学者によって〉最後の未開人が分析され、最後に生き残った《労働力》によって最後の商品が生産され、最後の精神分析医によって最後の幻想が解明され、《最後のエネルギーで》すべてが解放され消費されたとしよう。そのときエネルギーと生産、欲望抑圧と無意識のあの巨大な螺旋のおかげで人々はすべてをエントロピーとカタストロフの方程式の中にうまく閉じ込め、それらすべては結局、残りの形而上学でしかなく、その形而上学はあらゆる結果の中で一挙に解消されるだろう、ということに人々は初めて気づくだろう。

16章　螺旋しかばね

大学はたるみきった。市場と雇用の社会的領域で機能しているとはいえず、文化的実体も知の目標もない。文字通り権力さえない。権力もまた、たるんだ。だからこそ六八年の炎は帰らない。つまり権力そのものに対抗し、知を問い返す作業は裏返しになり、知と権力の触発的矛盾（あるいは両者の共謀の暴露、それは結局同じことだが）は、大学の中に、そして、それゆえ、（政治的であるよりむしろ）象徴的感染によりあらゆる制度的、社会的秩序の中にある。なぜ社会学者達が？　こんな転換を表明したのか。つまり知の壁、非＝知（non-savoir）の眩暈（つまり知の秩序に価値を蓄積することが同時に不条理であり、不可能であること）を絶対的な武器として権力そのものに逆らおうとするのだ、奪い取るのと同じ目もくらむばかりの筋書きで権力を解体しようとして。これが六八年五月の結末だ。現在、知のつぎに権力自体がずらかり、捕えがたいものになったということはあり得ない。権力は自己を手放したのだ。知の内容も、権力の構造もなく今後ずっと浮遊する制度（でなければ、兵舎や劇場のようにその維持が人工的に営まれ、行くあてもない機構のシミュラークルを管理する古典的封建制度、とでもいおうか）の中では、攻撃的な侵入は不可能だ。不安な知と権力ゲームの、パロディーとシミュラークル的側面を強調しながら腐敗を早めるものは、もう意味さえない。

ストライキはこれと全く逆のことをする。スイライキは、考え得る大学の理想や、すべてのものがひとつの文化（どこにもあり得ないし、もはや意味さえない）に到達するというフィクションを再生し、相互批判や治療としての大学機能と入れ替わる。そのうえ、ストライキは知の実体とデモクラシーを夢見ているのだ。事実、どこを見ても左翼はこの役を演じている。というのは、くずれかけ、自己の正当性に対する認識も失い、腐敗した機構の中で正義の理想を鼓吹し、社会的論理性とモラルの必要性を鼓吹し、そして自ら機能することさえほぼ諦めるのが左翼の正義なのだ。権力を必要でにおわせたり、再生産したいのは左翼だ。なぜなら左翼にとってそれが必要だし、だからこそ権力を信じ、システムが終止符を打ってしまったところに〔権力を〕再び生き返らせる。システムは、システムのあらゆる原理のひとつひとつに、あらゆる制度に結着をつけながら、歴史的革命的左翼の目標のすべてをひとつひとつ実現しつつ、左翼は、いつか投資に役立てようとして、いま、まさに資本のあらゆる歯車を復活させようとして進退極まっている。例えば私有から小企業まで、軍隊から国家規模まで、清教徒的モラルからプチブル文化まで、司法から大学までも——そして抜け落ちるものすべてを、残忍なシステムの中で、それでもいい。だが非可逆的なシステムの衝動の中で、システム自身が排除してしまったものすべてを保存すべきだ。

　そこから逆説的転換が生じる。それには政治分析用語のすべてが必要なのだ。

　権力（あるいは権力の代わりをするもの）は、もはや大学を信じない。大学がある一定年齢層を保護し、管理するゾーンにすぎないことを熟知しているからこそ、権力は選抜しかしない——権力に必要なエリートは別のところで、別な方法でみつけるだろう。卒業証明書なんか役に立たない。だがなぜ卒業証明書の発行を拒否しようとするのだろうか、もっとも、誰にでも与える用意はあるのだ――だとすればなぜこんな挑発的なやり方をするのか、さもなければ（選抜、学習、証明書などの）架空の賭けで、すでに死んでしまい、腐敗した照合系にたくして、エネルギーを結集させているのだ。

腐敗しつつ、大学はもっと禍をもたらすかも知れない（腐敗とは象徴的な装置だ――政治的でなく象徴的だからこそわれわれにとっては秩序の破壊だ）。それゆえ、この腐敗から発想しなければならないだろうし、蘇らせることなんか夢想すべきでない。この腐敗を激しいプロセスに、急死に変えるべきだろう、嘲りと軽侮と多様なシミュレーションという手段で。それはちょうど社会全体の腐敗のモデルとして、ある社会構造のすべてにあいそづかしが感染するモデルとして、その手段は大学の死の儀式を見せることになるだろう。そこで死は猛威をふるい、ストライキはシステムと共謀して必死で悪魔祓いをしようとするのだが、その成果は、手遅れになってから、せいぜい大学を緩慢な死に変えるだけで、大学はもはや転覆や攻撃的な逆転の可能な場でさえない。

これが六八年五月の成果だった。大学と文化の液化が、まだそれほど進んでいなかったある時点で、学生たちは所有物を救おうなんて思いもせず（理想的なやり方で失った物を蘇らせ）、完璧で即座な制度の死という挑戦、システムのやり方より強い脱領地化という挑戦を権力につきつけ、知の制度の完全な漂流、知をある一定の地に蓄積することの不必然性、最終的にはその計画的死に応えるよう、権力に要求しつつ、反論したのだ――大学の危機ではない。それは、挑戦でもなく、逆にそれはシステムのゲームであり、大学の死だ——ところが権力はそれに応えることはできなかった。でなければ、応える代わりに自己を解体した（多分ほんのわずかの間だ、だがわれわれはそれを見たのだ）。

五月一〇日のバリケードは守勢だった、そしてある領土を守っているように見えた。つまりカルチェラタンと、古い商店を。だがこれは真実ではない。うわべはそうであっても裏には、学生達が権力に挑戦していた死んだ大学と、死んだ文化、そして、同時に場合によっては彼ら自身の死があった——長期的にみて、システム自体の操作にすぎなかったものを即座の犠牲に変えたのだ。つまり文化と知の排除だ。学生達はソルボンヌを救おうとしてそこにいたのではなく、他者の面前でソルボンヌの死骸を振りかざすためだった。ちょうどワッツとデトロイトの黒人達が、自分達で火を放った彼らの居住地の廃墟を振りかざしたように。

今、何を振りかざすことができるだろう。知と文化の廃墟でさえない——廃墟自体亡きものだ。そんなことはよくわかっている。われわれは七年間もナンテール校の喪の作業を続けてきた。六八年は死んだ、ただ喪の幻想としてのみくりかえし可能だ。象徴的な暴力（つまり政治の向こう側）と等価なものは何かといえば、それは権力に対抗して非＝知（non-savoir）と、知の腐敗を激突させたのと同じ操作《オペラシオン》にちがいない——こんなすばらしいエネルギーを、同じレベルでなく螺旋の上側で再び見出すこと、つまり非権力を、権力の腐敗を何かに激突させることだ。だが、まさに何に激突させる？　それが問題だ。解決のすべはないかも知れぬ。権力は弱まり、堕落した。われわれのまわりにあるものは、権力のマネキン人形だけだ。だが権力の機械的幻覚がまだ社会の秩序を支配し、幻覚の裏でコントロールという不在で解読不可能な恐怖が、決定的なコードの恐怖がふくれあがる。そこでは、われわれなど皆けしつぶのごとき端末なのだ。

国民の代表を攻撃するのも大した意味はない。代表や権限の委任にまつわる学生のあらゆる戦い（より広範囲に、社会全体のレベルでも）は、同じ理由で幻のエピソードにすぎないことくらいよくわかっている。だがいまもなお希望もなく、政界の面を占めるに甘んじている。どんなメビウスの環の効果かは、私にはわからないが、国民の代表もまた、同じ場所にもどった。そして、政治論理の世界すべては同時に解体し、シミュレーションの限度をはるかに越えた《トランスフィニ》世界に場をゆずり、そこでは一挙にだれ一人代表されることも、何かの代表となることもない。そのうえ、そこでは蓄積するものは同時に非蓄積され、権力の軸になり、方針を定め、救い主である幻さえ消えた。批判と歴史が無限の直線上につらなったわれわれの直角に交わる精神座標は、いまだ不可解で見分けのつかぬ宇宙の不吉なカーブに向かって強い抵抗を示すのだ。もしそれに、まだ意味があるのであれば、その点で戦うべきなのだ。われわれは模擬人間（simulants）だ。われわれは模擬物（simulacres）（古典的な意味での《外観》を指すのではない）だ。社会体《ル・ソシアル》が放射した凹面鏡だ。といっても光源のない放射だ。原点《オリジン》も距離もない権力だ。だからこそこのシュミラークル宇宙で戦わねばならないのだろう——希望もなく、希望とは弱い価値だが、しかし挑発と魅惑の中で戦わねばならない。というのは、あらゆる判定機関《アンスタンス》や、価値の軸、価値体系学（axiologie）、もちろん政治も、それらを液化させる源である強力な魅惑を拒否してはならないからだ。こんなスペクタクルは資本にとっては末期であると同時に絶頂期のスペクタクルであり、シチュアショニストが描く商品のスペクタクルから大きくはみ出るものだ。このスペクタクルこそわれわれのエネルギーの源だ。われわれはもはや資本を疑ったり、資本に勝つというような関係にあるのではなく、関係は政治的だ、これが革命の幻想だ。われわれは、ひとつだけではない宇宙に対して、挑戦と誘惑と死の関係にある。なぜならその宇宙には軸がないのだ。破廉恥にも利潤の法則や剰余価値生産の究極、そして権力構造を排除しつつ、破壊の原初的儀式の不道徳極まりない（誘惑も同様）プロセスをやっと見出しつつ、錯乱の中で資本がわれわれにつきつける挑戦――この挑戦を常軌を逸した競合の中で、一段と高めねばなるまい。資本は、価値と同様無責任で、非可逆的で、不可避なものだ。資本だけが幻想的な自己崩壊のスペクタクルを演じ得るのだ――宗教の亡霊が久しく神聖視されなくなった世界を見おろすように、知の亡霊が大学を見おろすのと同じように、資本だけが、いまだ資本の古典的構造の砂漠、価値の亡霊を見おろしている。この砂漠の民となるのはわれわれだ、価値の機械的な幻想をぬぎすてて。資本よりも、資本の死がわれわれにもたらしたものより流動的で模擬的な動物や、生き生きとした亡霊の誠実さと共に、われわれはこの世界に、砂漠とシミュラークルの奇妙な不安につつまれて生きるだろう――なぜなら、都市砂漠とは砂の砂漠と同じであり――記号のジャングルとは森のジャングルと同じで――シミュラークルの眩暈とは自然の眩暈と同じだからだ――瀕死のシステムのまばゆい誘惑が生き残っているだけだ。そこでは労働が労働を葬り去り、価値が価値を葬り去る――まさしくバタイユが望んだように、残された処女地はおそろしく、道を切り開くこともなく続き、風のみが砂を巻き上げ、風のみが砂を気づかうのだ。

政治の領域ではこんなことすべてはどうなるだろう。大したことはない。だがしかし、資本の断末魔がわれわれをさそいこむ抜きさしならぬ魅惑と、資本が自ら演じる断末魔の演出とも戦わねばならない。だからわれわれは実在する断末魔に苦しむ人間だ。資本に自らの死を選ばせることは、資本に革命の特権を与えることだ。価値のシミュラークルと資本と権力の亡霊に包囲され、われわれは商品と価値の法則に包囲された時より、武器も、力もなくしてしまった。なぜならシステムが自己の死を手中に収め得ることに気づき、われわれからその責任が取り除かれ、その結果われわれの生そのものが賭けられるからだ。このシステムが仕掛ける最後の策略、つまりシステム自体の死のシミュラークル策略で、あらゆる否定的要素を吸収し排除した後、システムはわれわれを生かしておくのだ。より高度な策略だけがそれを封じ得る。挑戦あるいは空想科学、シミュラークルなもののパタフィジックだけが、われわれを閉じ込めているシステムのシミュレーション戦略と死の袋小路からわれわれを救い出すかも知れない。

（一九七六年五月）

17章　価値のラスト・タンゴ

なにもかも、あるべき場所にない、これが無秩序、置かれるべき場所、そこに何もない。これが秩序。

ブレヒト

《実在》する学習を代償とせず、知と等価でもなく卒業証明書を発行しようとする考えは、大学の責任者にとってパニックだ。これは政治をくつがえすようなパニックではなく、価値がその内容から分離し、形式通りに、ひとりで機能するのを目のあたりにするパニックだ。(卒業証明書、などの) 大学の価値は、少々流動資本や、ユーロダラーのように増殖し流通し続けるだろう。その価値は照合基準もなく循環し、結局何の価値もなくなる。だがこんなことはさして重要ではない。それらが循環するだけで価値の社会的地平が生まれ、仮にその照合系 (使用価値、交換価値、その価値がカバーする大学の《労働力》) が失われたとしても、前に述べた理由で亡霊と化した価値の強迫概念の方がより強いだけなのだから。等価なき価値の恐怖。

恐らくこれは最近の状況にすぎない。大学内ではいまだに学習の実際的な手続が進行していると考える人々や、自分の体験や、ノイローゼや、自己の存在理由を投入する人々にとっての状況はこの通りだ。大学での《教える側》と《教えられる側》の間の(知と文化の)記号交換は、とっくの昔に失望と惰性(社会と人間関係のつれなさを引き起こす記号の惰性)という二重の共謀でしかなく、サイコドラマの二重シミュラークルだ(学習と知の失われた交換の代わりになろうとして、情熱や、場に居合わせることや、エディプス的交換や教育的近親相姦などを、おずおずと求めるサイコドラマだ)。このような意味で、大学は価値が空っぽな形をした絶望的イニシエーションの場であり続ける。ここ数年来大学に生きる者は、奇妙な学習、非=学習という真の絶望、そして非=知をよくわきまえてきた。なぜなら今の世代はまだ読み、学び、競争したがっている、だが心は大学にない。——一括して、禁欲的文化精神は肉体と財を破滅させた。だからこそストライキはもはや何の意味もない[1]。

同じ理由でわれわれは罠にかかっていたし、自らを罠に閉じこめていた、六八年以降卒業証明書をだれにでも与えながら。これが秩序の破壊か? といえば、そんなことは全くない。今一度強調しておくが、われわれこそ進んだ形、価値の純粋な形、つまり学習なしの卒業証明書のプロモーターだったのだ。システムはこれ以上それを望まない——だが一方で空虚な操作的価値を望んでいる——逆の幻想の中でわれわれがそれを始めたのだ。

学習なしの卒業証明書を与えられる自分の姿を見つめる学生の苦悩は、教員の苦悩と同等であり、それ以上だ。その苦悩は、価値のない卒業証明書を獲得したり、しそこなったりするふるめかしい苦しみより、秘めやかで、狡猾なものだ。知と選抜の結果をその内容から排除してしまう卒業証明書のあらゆる危険性をしかと心にとめているのはつらいことだ。それでも卒業証明書のシミュラークルと交換した学習のシミュラークルのアリバイ的給付や、どうにかして《実在する》関係が通用するように攻撃的な姿で（単位授与を促す教育や自動販売機のような取り扱いの教育）、あるいは恨みのせいで、その苦悩はより複雑になるに違いない。だがそれには手の打ちようがないのだ。今日互いの交換が好ましい役割を果たしている教員と学生間のけんかでさえ過去の反復、かつて知の賭けや政治的賭けをめぐって両者が対立したり協力し合った時代の暴力あるいは共謀のノスタルジーにすぎない。

《厳しい価値の法則》、《堅固な法則》——それがわれわれを見捨てるとは、何たる悲劇、何たる恐怖！だからこそ専制的で独裁的なやり方が日の目を見る。なぜならこんなやり方は、生きるのに必要な暴力の何かを蘇らせるからだ——それが耐え忍ばねばならぬものであれ、辛い思いをせねばならぬものであれ、大して重要なことではない。儀礼的暴力、学習の暴力、血の暴力、権力と政治の暴力、それで結構！力関係、矛盾、搾取、弾圧、これらは明確で輝かしい！今、これが足りない。だからその必要が匂ってくる。それがルールだ。例えば大学で（政治の領域でも全く同様なからみ合いがあるが）、再び《自由な発言》とか、グループによる自主管理、そして、ナウイばか話などを使って、教育による大学の権力を再び授けようとしている。だれもだまされはしない。ただ世間的役割、ステイタス、責任の衰退や、拡がるばかりの思いがけない煽動が引きずり込む失望と恐怖から免れるためには、たとえ権力と知のマネキンであろうと、極左の正当性のかけらであろうと、教員の中にそれを再現しなければならない——さもなくばだれにとっても状況は耐え難いのだ。こんな妥協の上で——教員のわざとらしい端役、学生のあいまいな共謀——こんな教育の亡霊劇にそってもろもろの事柄は続行するし、今度ばかりは際限なく長持ちする。なぜなら、価値と学習には終りがある、ところが価値と学習のシミュラークルには終りがないからだ。
シミュレーション宇宙は実在を越えるもの（transréel）であり、終りを越えるもの（transfini）だ。現実がどんな試練を課したところで、シミュレーション宇宙に終りが来ることはなかろう――でなければすべてが崩壊し、地滑りが起こる、われわれに残されたのは、そんな大それた希望だ。

（一九七七年五月）

18章　ニヒリズムについて

ニヒリズムには、もう暗い色彩はない。ワグナー的で、シュペングラー的な一九世紀末の暗さが。神の死とそれが招いたに違いないあらゆる結末が生んだデカダンスや形而上学的急進主義の世界観（Weltan-schauung）は、もはやニヒリズムから生まれはしない。ニヒリズムは今、透明なニヒリズムだ、それは過去や歴史上に表われたものより、どちらかといえば急進的で決定的だ。なぜなら、この透明性、この浮遊はまちがいなくシステムの浮遊だ。いまだニヒリズムを分析しようとするあらゆる理論の浮遊だからだ。神が死んだ時、それを告げるニーチェがいた。——ニーチェは神と神の死骸を前にした偉大なニヒリストだ。ところが、あらゆる物事が模擬された透明性を前にして、ハイパーリアルな中で、唯物論あるいは観念論的世界を創りあげたシミュラークルを前にしては（神は死なず、ハイパーリアルになった）、理論的にも批判的にも自分のものだと認めるべき神さえないのだ。宇宙とわれわれは皆、生きながらにしてシミュレーションの中に、不吉な領域に、不吉でさえない抑止の惰性の領域に入った。つまりニヒリズムは一風変わった方法で、破壊でさえないシミュレーションと抑止の中で完全に現実のものとなった。ニヒリズムはかつて、歴史的に見ても神話と舞台の活き活きとして暴力的な幻だった。そのニヒリズムは物事の透明な機能性の中に、偽りの透明性の中に移ってしまった。そうであるならニヒリズムには理論上、一体まだ何が可能だろうか。無や死を挑戦や賭け金にして再びやり直したとしても、一体どんな新しい局面を切り開き得るのだろう。

昔のニヒリズムの形式に比べれば、われわれは新しい立場にあり、困難な立場にあるのはまちがいない。ロマンティズムは、最初の重要なニヒリズムの現われだ。それは啓蒙思想と同様に外観秩序の破壊に相当する。

シュールレアリスム、ダダイスム、不条理、政治的ニヒリズムなどはニヒリズムの第二の重要な現われであり、これは意味の秩序破壊に相当する。最初のものはまだニヒリズムの美学的形式（ダンディズム）であり、第二のものは政治的で、歴史的で形而上学（テロリズム）的形式だ。

これら二つの形式は、われわれにとって部分的に関わりがあるか、あるいは全く関係ないか、のいずれかだ。透明性のニヒリズムとは美学的でも、政治的でもない。それは、最後の情熱あるいは黙示録の最後のニュアンスを、外観の絶滅からも、意味の絶滅からも借りようとはしないのだ。もはや黙示録は存在しない（ただ偶発的なテロリズムだけが、黙示録を反映しようとするだけだ。だが、それでさえ政治的ではない。テロリズムには出現の様式しかなく、その様式は同時に消滅の様式でもある。つまりそれはメディアだ――その通り、メディアとは、そこで何かがたわむれるような舞台ではない――それはテープであり、帯《ピスト》であり、穴のあいたカードであり、そこではわれわれなど観客であるどころか、受信者だ）。黙示録は終った。現在あるのは中性の先行であり、中性と無差別《アンディフェランス》な形態の先行だ。中性なロマンティズムや美学がそこにあるかどうかは想像にまかせよう。私はあるとは思わない。――残ったものは、といえば、それは索漠とし、無差別な形態やわれわれを破棄しようとするシステム自体の操作にかかわる魅惑《ファシネーション》だ。その魅惑（外観と深い関わりのある誘惑と対立し、そして意味と深い関わりのあった弁証法的根拠とも対立する）とは、このうえもなくニヒルな情熱であり、それは消滅世界特有の情熱でもある。われわれは消滅の形態、われわれ自身の消滅のあらゆる形態に魅せられているのだ。われわれはメランコリックで魅了されている。これが心ならずも、透明の時代に生きるわれわれの一般的な状況だ。

私はニヒリストだ。

一九世紀の最も重要な事実である意味（表象、歴史、批判、などの）、その意味が有利に働くような外観（そして、その外観の誘惑）を破壊する巨大なプロセスを、私は認め、応じ、深く受け取めている。近代性《モデルニテ》、という一九世紀の真の革命、それは外観の根底的な破壊であり、世界の呪縛を解くことであり、そして解釈と歴史の暴力で世界を放棄することだ。

第二の革命、つまり二〇世紀の革命である脱《ポスト》＝近代性《モデルニテ》の革命は、意味破壊の巨大なプロセスであり、それ以前に起こった外観の破壊に匹敵する。私はその革命を認め、応じ、深く受け止め、分析する。意味の手で衝撃を与えようとするものは、意味の手で殺されたのだ。

弁証法的舞台も批判的舞台も空だ。もはや舞台などない。そのうえ、意味の治療も意味による治療もない。つまり治療自体まだ未分化な、ごく一般的なプロセスの一部だからだ。

分析の舞台そのものも、不確実で、不安定になった。つまり理論は浮遊する（事実、ニヒリズムはありえない。なぜならニヒリズムは希望のない理論だが決定的であり、終末の想念であり、カタストロフの世界観だからだ(1)。

分析自体、意味を凍結させる巨大なプロセスにとって決定的な要素かも知れない。理論が持ち込む意味の増大や意味レベルにおける理論の戦いは、綿密な分析と透明性の第四氷河期的操作の中で理論が手を結ぶのに比べれば、付随的なものだ。分析がどんな経緯で生まれようと、それは意味を凍結させる段取りをし、シミュラークルと無差別な形態の先行に役立ってしまうということを自覚せねばなるまい。砂漠は拡がる。

メディアの中で意味は内破し、群衆の中で社会体《ル・ソシアル》は内破し、システムの加速につれて群衆は無限に増大し、エネルギーは袋小路に、そこが慣性点だ。

飽和世界が慣性に至る宿命。慣性という現象は速度を増している(といえなくもない)。完成した形態が増殖し、異常なる増殖の中で成長は停止する。これが過剰進化、それ本来の究極を超えてしまうものの秘密でもある。これこそわれわれ自身の究極を破壊する様式ではなかろうか。つまりより遠くへ、一方的にあまりにも遠くへ行く――それはシミュレーション、ハイパーシミュレーション、過剰進化によって意味が崩れ去ることだ。自己の究極を超究極で否定する(甲殻類、イースター島の石像)――これとて癌の猥雑な秘密ではなかろうか? 成長に異常成長で報復し、慣性の中で速度が報復する。

加速によって大衆もまた慣性の巨大なプロセスにとりかこまれた。大衆とはこの飽くことなき異常成長のプロセスであり、そのプロセスこそ意味のあらゆる増殖と増加を無効にしてしまう。大衆とは醜悪な究極のために短絡された回路だ。

この慣性点、そしてこの慣性点の周辺に起こりつつあることこそ、今魅力的で情熱をかきたてるものだ（弁証法の秘めた妙薬は終った）。もしこの慣性点とこのシステムの非可逆的な分析に、非＝回帰の点に至るほどの特権を与えるのがニヒリストであるなら、私はニヒリストだ。

もし生産の様式でなく消滅の様式につきまとわれているのがニヒリストであるなら、私はニヒリストだ。消滅、〔性的欲望の〕消失（aphanisis）〔ラカン〕、内破、消失への熱狂（Furie des Verschwindens）〔ヘーゲル〕。トランスポリティックとは消滅様式の選択的領域だ（実在、意味、舞台、歴史、社会体、個人の）。実をいえばそれはとりたててニヒリズムというほどのものではない。なぜなら消滅とか不安定で無差別な砂漠性の形態の中にはニヒリズムのパトスもニヒリズムの悲壮感さえもないからだ――この架空のエネルギーはいまだに急進性、神話の容認、劇的予見というニヒリズムの力になる。それは呪縛を解くことでさえない。トランスポリティック自体に、呪縛を解く誘惑的でノスタルジックで不思議な色合いがあるにもかかわらず。それは単なる消滅だ。

消滅様式のこの急進的な足跡は、アドルノとベンヤミンに見ることができる。それは弁証法のノスタルジックな行使と併行して。なぜなら弁証法のノスタルジーが存在するからだ。むろん最も崇高なる弁証法とは異論をさしはさむ余地なくノスタルジックなのだ。だがそれより深い所でベンヤミンとアドルノにはまた別の色合いがある。システム自体につながれたメランコリーの色合いが、そのメランコリーは癒し難く、それはあらゆる弁証法の向こう側にある。このシステムのメランコリー、それがわれわれをとり巻き、皮肉にも透明な形態越しに、今人々を牛耳っているのだ。このメランコリーこそわれわれにとって重要な情熱と化す。

それはもはや世紀末的憂うつとか、ほのかな恋心ではない。それは破壊や怨恨感情《ルサンティマン》ですべてを規格化しようとするニヒリズムでもない。いや、メランコリー、それは機能的なシステム、そしてシミュレーションとプログラム化と、情報化のシステムが現在備えている基本的な色合いだ。メランコリー、それは意味が消滅する様式に、操作的システムの中で意味が気化する様式に、初めから備わった特質だ。そしてわれわれは皆メランコリックだ。

メランコリーとはこんなむき出しの冷たさだ。それは飽和したシステムの冷たさなのだ。善と悪、真と偽のバランスを保ち、それと同じ類のいくつかの価値が対決する望み、そしてもっと一般的な力関係と賭けられるものにつながれていた望みなどが消え失せてしまったというのに。どこでも、いつでもシステムはあまりにも強力すぎ、ヘゲモニー的だ。

このシステムのヘゲモニーと対抗し、欲望の策略を高揚させ、日常性の革命的微生物学をつくり、分子的漂流を高揚させたり、料理擁護の立場に立つことだってできる。ところがこれではいますぐにでも白日の下でシステムに打撃を与えることにはならない。

テロリズムだけがこれを実行する。

それは残りを消し去る逆転行為だ。ちょうど皮肉な笑《え》みだけがディスクールを頭から台なしにし、奴隷の〈主人に対する〉否認というひらめきだけが主人の権力と快楽を台なしにするように〈ヘーゲル〉。

システムがヘゲモニー的であればあるほど、取るに足らぬ逆転で想像性は打撃を受ける。たとえ微量であっても、挑戦とは連鎖して衰退することそのものだ。共通点もないこんな可逆性だけが、今、政治のニヒルで廃物になった舞台で事件になる。空想《イマジネール》をゆり動かすのはそれだけだ。

もしニヒリストであることが、ヘゲモニー的システムを耐え忍び、こんな嘲笑と暴力のラジカルな行為、自己の死であがなうべく定められたシステムに対するこの挑戦を耐え難きまで耐え忍ぶことであれば、理論上私はテロリストでありニヒリストだ、他の何者かが武器によってそうであるように。真実などではなく、理論的暴力だけがわれわれに残された手段だ。

まさに、それこそユートピアだ。なぜなら仮にいまだに急進性が存在していたのであれば、ニヒリストであるのはあまりにも下らないからだ――テロリストの死はもちろんのこと、仮に死に、いまだ意味が存在していたのであれば、テロリストであるのが下らないように。

そこでこそ物事は解き難くなる。なぜなら急進型の積極的なニヒリズムに対して、システムは自分側のニヒリズム、つまり中和型のニヒリズムを対立させる。システムもまたニヒリストだ。そうであるならシステムが否定するものであっても、システムには無差別にすべてを復元する力がある。

このシステムの中で死そのものの不在が光り輝く（ボローニャ駅でのテロ、ミュンヘン・オクトーベルフェストでのテロ、つまり、その死は、無差別だったから相殺される）。ここで、テロリストは心ならずもシステム全体の共犯者になる。政治的にそうなるのではなく、システムが押しつけようとする無差別という加速された形態のせいで。死にはもう舞台がない、幻想的な舞台も政治的な舞台もない。儀式的にあるいは暴力的に表現し演じる舞台がない。そしてこれが、別のニヒリズム、別のテロリズム、システムのテロリズムの勝利だ。

現場はもうない、事件が現実の力となり得るような微かな幻想さえない——事件の現場もなければ精神的あるいは政治的連帯もない。つまりチリ、ビアフラ、ボートピープル、ボローニャあるいはポーランドは、われわれにどれだけ重要だというのか。それらすべてはテレビのスクリーン上で消え失せるだけだ。われわれは結果のない（と同時に結果のない理論の）時代にいる。

意味に希望はない。これでいいにちがいない。意味とは死すべきものだ。だからこそ、そこで意味はつかの間の支配を押しつけ、啓蒙思想の支配を課すために意味は外観を清算しようと企んだのだ。外観は不死身だ。意味あるいは無＝意味のニヒリズムにさえ屈しない。

まさしくここに、誘惑が始まる。

原注

1章 シミュラークルの先行

(1) J・ボードリヤール、『象徴交換と死』、《シミュラークルの領域》、Paris, Gallimard, 1975. 筑摩書房、一九八二年参照。

(2) そして無意識、それは転移の中で解決し難い。この二つのディスクールの混乱が精神分析を果てしなくさせる。

(3) M. Perniola, Icônes, Visions, Simulacres, 〔Traverses/10 p. 39〕参照。

(4) これは必ずしも意味が窮地におちいるわけでもなく、意味や無意味や、互いに打ち消し合いながら同時に派生する複数の意味の即興になるわけでもない。

(5) エネルギー危機、生態学上の演出などすべてをながめれば、それは現在ハリウッドで季節ごとに作っているカタストロフ映画と同じスタイル、同じ価値だ。そんな映画を《客観的》な社会危機とか、カタストロフの《客観的》幻想などの視点から解釈する必要などさらさらない。それとは逆に、社会体そのものが、現時点でのディスクールの中で、カタストロフ映画のシナリオ通りに編成されている、と言うべきだ。(M. Makarius, La stratégie de la catastrophe, 〔Travers/10 p. 115〕参照)

(6) この労働資本の衰弱は、時を同じくして進行する消費資本の低下と通じる。使用価値あるいは自動車の威信の終り、快楽の対象《オブジェ》と労働の対象《オブジェ》という明確に対立していた、ほれぼれとさせるディスクールの終り。別のディスクールと交代する。それは消費の対象に関する労働のディスクールであり、能動的で強制的で、ピューリタン的な性格を再投資しようと企む（ガソリンを節約しなさい、安全に注意しなさい、スピードの出しすぎですよ、など）。これに、自動車の特徴そのものは適応したがらない。極を置き換えて賭けられるものを再びみつけることだ。労働は欲求の対象になり、自動車は労働の対象になる。賭け金すべてが無差別であること以上に良きあかしはないのだ。同じように投票《権》から選挙《義務》に地すべりしたのは、政治領域の投資回収を顕わに示している。

（7） メディア／メッセージの混同は、もちろん発信者と受信者の混同と関連する。したがって、言語の論理的な編成やあらゆる意味の明確な分節を担ってきた二項や、いくつかの極が対立するすべての構造の消滅を封印し、ヤコブソンの名高い機能の格子に帰着させる。ディスクールは《循環する》は文字通りに受けとらねばならない。つまり、ディスクールは一点から別の点に行くのではなく、それは送信機と受信機の位置をあいまいにしたまま、ひとつなぎにしたサイクルをまわり、もはやそれを元にもどすことはできない。このようにして権力の判定機関《アンスタンス》も、送信側の判定機関もすでにない——権力とは循環するようなもので、その権力の源は二度とくり返されることはない。それは止まることなき逆転の中で支配側と被支配側の位置が交換されるサイクルであると同時に、古典的な定義による権力の終りでもある。権力と知とディスクールの循環はあらゆる判定機関と極がどこに位置しているかをつきとめられなくさせる。精神分析の解釈そのものによれば、解釈する者の《権力》はいかなる外的な判定機関からくるものでもなく、解釈される者〔患者〕本人からくるものだ。これはすべてを変えてしまう。なぜなら権力を伝統的に支持している者に、どこからその権力を受けるのか、とにかくたずねてみよう。だれがあんたを公爵にした？　王だ。だれがおまえを王にした？　神だ。神のみ答えず。ところが次のような問いに、だれがあんたを精神分析家にした？　分析家はしたり顔で、あんただ、と答える。

このように逆のシミュレーションで、《分析を受けている者》から《分析する者》へ、受動から能動への移行が示される。それはいくつかの極の従属先がくるくるまわり、権力が落ち目になり、消滅したり、完璧な操作に変化する権力の円環性などの結末をおおまかに示すにすぎない（それは命令を下したり監視したりする判定機関の秩序ではなく、触覚とコミュニケーションの秩序だ）。同様に国家／家族の円環性とは、社会体と私生活のイメージが、浮遊とか転移性の調整によって支えられていることも確かめよう（J. Donzelot, La Police des Familles）。

もはやこんな有名な質問はできまい。《どこから、そんな話をするのですか？》、《どこでそんなことを知ったのですか？》。《あなたの権力はどこで支えているのですか？》。即座に答えは聞こえず、《あの、それはあなたから（あなたのおっしゃったことから）私は話しているのです》——それはあなたが話しているのであり、あなたが知っているのであり、あなたが権力であることをほのめかしている。巨大な言葉の回転、遠まわりした言い方であり、出口なしの脅しや、話すだろうと思われている主体にとって取りかえしのつかぬ抑止にも等しい、しかも答えはないままだ。というのは放たれた質問に、どうしても次のように答えざるを得ない。だってあなたが答えです、あるいは、あなたの質問こそ答えです、など。――それらすべては言葉を、表現の自由という口実の下に強要される告白を、自己の疑問のうえに主体を折りたたむことを、質問に対する答えの先行などを、盗み取ろうとする絞首的な詭弁だ（解釈の暴力とは、ここにあり、そして意識的であれ無意識であれ《言葉》に対する自己管理の暴力もそこにある）。

いくつかの極が倒置したり退行するこのシミュラークル、世論操作のあらゆる秘密であるずば抜けたこの言いのがれ、そしてそれゆえ、現在、あらゆる新しい権力の秘密というすべての領域の中で、権力の舞台が消え、あらゆる言葉が消え失せている中にあっては、当然われわれの時代の特徴であるあの魅惑的な声なき多数が生じるのだ――これらすべては民主的なシミュラークルと共に政治領域で始まったにちがいない。つまり権力の源として神の審級を人民の審級にとりかえ、権力の発露である権力を人民の代表にとりかえた。反コペルニクス的革命、超越的な審級も権力と知の太陽も光源も、もはやない――すべてが人民から発し、人民にもどる。このすばらしいルシクラージュと共に、大量投票に始まりアクチュアルなアンケート調査という幻のシナリオを種にして大衆操作の普遍的なシミュラークルが地盤を固め始める。

(8)　逆説的にいえば、あらゆる爆弾は清潔だ。爆弾のかかえる唯一の汚染とは、それが爆発しない時に発する安全とコントロールのシステムだ。

2章　歴史――復古のシナリオ

(1)　ファシズム自体、その出現と集団的エネルギーのミステリーに関する解釈はどれも究極にまで至らなかった（支配階級による政治的大衆操作を原因にするマルクス主義者も、大衆の性的抑圧を原因にするライヒ派も、専制的パラノイアを主張するドゥルーズ派も）。だがそれは、神話的、政治的照合系の《非合理的》せり上げであり、（血、人種、人民、など）の狂った集中化であったと解釈できるだろう。死や、価値と集団的価値の魔力が解け始める時に合理的俗化とあらゆる生活の一次元化やすべての社会と個人生活の操作的合理化をはかり、《死の政治美学》を再投入したりすること、などがひしひしと西欧で感じとられる。もう一度くり返すが、こんな価値のカタストロフや、生活が中性化されたり鎮静化されることから免れるためなら、なんでもすばらしいのだ。ファシズムはそれに対するひとつの抵抗だ。そのレジスタンスは非合理的で根深く、錯乱している。だがそんなことは大したことではない。もしそのジレスタンスが別のもっと悲惨なことに対するレジスタンスでなかったらあれほど大量なエネルギーは排出されなかっただろう。ファシズムの残虐さと恐怖は実在と理性の混同という別の恐怖の重さに比例し、今、それは西欧に深く根づいた。そして残忍であり恐怖でもあるのはそんな状況に対するひとつの解答だ。

4章　チャイナ・シンドローム

（1）　スリーマイルス島の原子力発電所の事故は、映画の放映後引き続いて起こった。

6章　ボーブール効果

（1）　別のものもまたボーブールの文化的な計画を台なしにする。それはボーブールで楽しもうとして押し寄せる群衆だ（後で再度それに触れよう）。

（2）　この危機的大衆と大衆のボーブールに寄せるラジカルな理解力に比べ、開館当夜のヴァンセーヌ校の学生達のデモはどれほどばかばかしいものであったか！

8章　メディアの中で意味は内破する

（1）　ここで語られている情報とはコミュニケーションの社会的特徴ともいうべきものだけだ。だが情報のサイバネティックス理論にまで仮説を及ぼせたらすばらしいにちがいない。ここでもまた根本的命題は、ネグエントロピー、エントロピーに対するレジスタンス、意味とオーガナイゼーションの増大などと同類になるはずだ。ところが、逆の仮説の方がふさわしいかもしれない。インフォメーション＝エントロピー。例えば、あるシステム、あるいはある事件で得られる情報または知識とは、すでにそのシステムの中性化とエントロピーの形態である（あとは、科学一般にそしてとくに人間、社会科学に拡大すればいい）。ある事件をそこで反映するか、あるいはそこを通って反映する情報は、すでにその事件の堕落した形態である。同じように六八年五月のメディアの介入を分析しそこなってはなるまい。学生運動の情報の拡大はゼネストを可能にした。ところがゼネストはまさしく、運動の有毒性を中和してしまうブラックボックスだった。増幅それ自体が致命的罠であったし、決してプラスになる拡大ではなかった。情報による戦いの普遍化に用心すべきだ。四方八方にむけて連帯を呼びかけるキャンペーン、この同時にエレクトロニックで俗な連帯に用心せねばなるまい。差異の普遍化戦略のすべてが、システムのエントロピー的戦略だ。

10章　クローン物語

（1） D. Rorvik, A son image: la copie d'un homme, Paris, Grasset, 1978. 参照。

12章　クラッシュ

（1） J. G. Ballard, *Crash*, Paris, Calmann-Lévy, 1974.〔(初版 Jonathan Cape Ltd. 1973), Panther Books Ltd. 1975.〕

14章　動　物

（1） このようにしてテキサスでは、四〇〇名の男と一〇〇名の女が世界一穏やかな監獄を体験している。一人の女の子がこの六月に生まれ、二年間で三名脱獄しただけだ。男と女は共に食事をしグループ心理療法の場でも顔を合わせる。四人の各々は独房の唯一のカギを持っている。カップルは首尾よくじゃまされることなく空部屋に入りこんだ。その日、三五名が逃亡した。だがそのほとんどは自ら帰ってきた。

（2） 獣があちこちに移動するのは神話だ。うつろいやすく流浪的な無意識と欲望のアクチュアルな表現は、獣のそれと同じ類のものだ。獣はいまだかつてあちこちに移動したこともなければ、非領土化されたこともない。

解放をもくろむ幻影のすべては、近代社会を束縛するものの反対側にその姿をくっきりあらわす。例えば自然と獣を野蛮なものと表現し、《それらの欲求を充分に満たす》自由は、現在《それら欲求のすべてを実現する》自由だ——なぜなら近代ルソー主義が、衝動を不確実なものに、欲望をあちこちとうつろうものに、無限の特質を放浪するものとする様相を帯びたからだ——ところがそれは、コード化されず、それ自体を噴出させることだけが究極目標の、解き放たれた力を絶対的なものとすることと同じだ。

自由で未踏で、はてしなく、境界もない自然、各々が思いのままあちこちうつろう自然など、いまだかつて存在しなかった。さもなくば、支配秩序の反映と同等な自然がその支配秩序の想像の中に存在した。われわれはまるで理想的な野蛮(自然、欲望、動物界、リゾーム……)であるかのごとく、経済システムと資本の図式である非領土化という図式そのものを投影している。解放とは資本の中以外のどこにも存在しない。解放をつくりあげたのは資本であり、その資本が解放を掘り下げるのだ。したがって価値(都市計画的·工業的、抑圧的、など)の社会的法則、およびそれと対立させる想像的野蛮性の間には、はっきりした相関関係がある、つまり両者とも《非領土化され》、それぞれが互いの像だ。というのは、アクチュアルな理論に見られる《欲望》の急進性は、洗練された抽象作用そのものと同じ規模で成長し、決してそれに拮抗せず、よりコードから放たれ、より偏芯し、より《自由》で、われわれの実在とわれわれの想像とを同時に包み込む型通りの動き、それと全く同じ速度で成長する。自然、解放、欲望、などは、資本の夢とは逆のものを表わすわけではない。それらは相対的であることとしか強制しない完璧なまでの非領土化を夢みているからだ。《解放》への要求とは、決してシステムを超える要求ではなく、システムと同じ方向に行くことだ。

獣も未開人も《自然》をわれわれと同じ意味に理解してはいない。彼らは限度があり、指定され、相互にのこんな文化の進歩、あるいは荒廃を直接表現し、文化を予見さえする。なぜならそれらはシステムが文化に、り越えられぬ空間である領土しか知らない。

(3) だからアンリ・ラボリは領土の解釈に、本能あるいは私有という用い方を認めない。領土の概念に関係のある、細胞群とか神経管束などを視床下部とかその他の場に、いまだかつてはっきり見たことはない。……領土中枢は存在しないようだ……だから特殊な判定機関に訴えても仕方がない――だが、領土を文化的行為に拡大した欲求の機能性にもどしたほうがいい。つまりそれは経済や心理学や社会学すべてに共通する現代のウルガニタ〔ラテン語訳聖書〕だ、など《このようにして領土は恵み深い行為を実現するのに必要な空間、活力の空間になる……マンガの吹き出しと領土は、このように生物と直接触れている空間の断片を表わす。その空間の中で自己の構造を維持しようと熱力学的交換を〝始める〟……高まる個人の相互依存と近代の大都市を特徴づける混淆と共に、個人的マンガの吹き出しは、はなはだしく縮小した……》。

空間的、機能的、ホメオスタシスな概念。まるで、ある集団あるいはある人間、そのうえ動物までが、自分の吹き出しと均衡を保ち、内的にも外的にも交換は自律し平衡を保っていたかのごとくだ！

15章　残り

(1)　影をなくした男、ペーター・シュレミールを暗示したのは偶然ではない。影、それは鏡の中の像（プラハの学生）のように、すぐれたひとつの残りだ、肉体から《落ちる》かも知れないもの、髪や排泄物や切った爪のように、それらすべては古典的な魔術の中に吸収された。だがそれはまた、衆知の如く、魂の、息の、神の、精の、つまり主体に意味を奥深く与えるものの《メタファー》でもある。鏡に映る像や影がなければ、肉体は透明な無になり、彼は、彼自身残りでしかない。それはいつか影が往来に残る半透明な実体だ。彼にはもう現実がない。影はあらゆる現実を持ち去ってしまった（このようにして、プラハの学生では、鏡とともに砕け散った像は、英雄の死を即座にもたらす――幻想的なおとぎ話によくあるシークェンスだ――ハンス・クリスチャン・アンデルセンの影もまた参照）。このようにして肉体は、自己の残滓の廃物でしかあり得ない。つまり自分の降下物から再び落ちたものだ。実在、といわれる秩序のみが肉体を照合物という特別なものにできる。ところが象徴的な秩序の中では、ふたつのもののどちらかの先在性《プリオリテ》（肉体あるいは影の）に賭ける余地さえない。そしてこの肉体に対して影は逆転し、本質的な意味で、無意味におびやかされて本質は降下物となり、たとえそれがつめの残滓であろうと《ささいな》ものであろうと、そんな残りに直面して意味は絶えず敗北する。それがこのような物語の魅力であり、美しさであり、気がかりな不可思議さなのだ。

17章　価値のラスト・タンゴ

（1）　しかも現在のストライキは当然労働と同じ様相を呈している。つまり、同じ宙ぶらりん、同じ無重力状態、同じ目標の不在、同じ決断に対するアレルギー、同じ判定機関のたらいまわし、同じエネルギーの喪。かつての労働と同じ様に、今日のストライキのどうどうめぐり、制度の内側と同じ反‐制度内の立場、つまり感染は拡がり、錠前は締められた——その後でどこか別の所で錠前をはずさねばならぬだろう。あるいはそうではなく、この袋小路を基本的立場と受けとめ、決断をしないことと、目標の不在を、攻撃と戦略的立場にとらえ返すことだ。なにがなんでもこの耐え難い状況と大学の知的拒否症から、なんとかして離れようとし、学生達はもはや手のほどこしようもない瀕死の制度にエネルギーを再び吹き込むことしかしない。それはムリヤリ生きながらえることであり、絶望の医療だ。それが現在、個人と同じようにさまざまな制度で行なわれている。それはあらゆる場で死と対決することのできぬ徴だ。《倒れるものを、さらに突け！》〔『ツァラトゥストラはこう言った』、第三部、岩波文庫（下）、一一五ページ、氷上英廣訳〕、ニーチェは、こう言った。

18章　ニヒリズムについて

（1）　さまざまな文化には起源にしか空想がなく、終りには何の空想もないものがある。だがその両者につきまとわれているものもある……それ以外の二つの形をとる場合も考えられる……終りにしか空想を持たぬもの（われわれの文化、ニヒリスティックな）。起源にも終りにも、いかなる空想をももたぬもの（今後の文化、偶然によるもの）。

訳者あとがき

本書『シミュラークルとシミュレーション』(Jean Baudrillard, *Simuracres et simulation*, Editions Galilée, 1981) は、一九七六年から一九七九年のあいだに書かれた論文と講演の記録を集録したものだ。

1章「シミュラークルの先行」が理論的な展開であり、それ以降の章はおのおの独立した応用編だ、といってもいい。したがって2章から先はどんな順序で読んでも理解のさまたげにならないはずだ。とはいうものの、終章の結言で「まさしくここに、誘惑が始まる」という、謎めいた一行に驚かされるにちがいない。だがこれは次の著作を予告する一行だ。つまり前著『象徴交換と死』第二部で論じたシミュラークルとシミュレーションという概念を中心に据え、本書では、歴史的な事件、映画、テレビそしてSFやクローン生物などを生き生きと縦横にふるいにかけ、そこから実在《リアル》の消滅とハイパーリアルの専制を浮上させ、さらにシミュレーション世界が隠し持つ『誘惑の戦略』の戸口に手をかけようとしている。

他の著作と同様あるいはそれ以上に、本書は挑発的で知的冒険の書物だ。15章「残り」では少なからず意表をつかれるだろう。現代、シミュレーションの時代では「……あるシステムがすべてを吸収し、すべてを加えてしまい、何も残らなければ、その総体は残りに変わり、残りとなる。……このような残りこそ社会的機械を再び軌道にのせ、新たなエネルギーを見つけ出す……」と、残りもののようにあつかわれてきた名も無きもの、狂気やマージナルなものが、今まで中心に据えられていたものを逆転する力になる、と新たな展開を見せている。

著者はバラードの『クラッシュ』に触発されSF小説に興味をいだいた。ボードリヤール自からSF小説を書こうとしたようだ。光と音、その速度と像の作用がテーマになるはずだった。SF作家ボードリヤールこそ誕生しなかったが、一九八三年の著作『Les stratégies fatales』の冒頭では当時の構想、光と同じ速さで情報が飛びかいはじめた現代が分析されている。そんな視点に立てば、本書とそれに続く二つの著書はシミュレーションという幹《みき》に連なる三つの果実だろう。

ボードリヤール氏の仕事については、すでに邦訳された著作の末尾などに詳しく紹介されているので、ここではぶかせていただく。ただボードリヤールの著作群について本書にひきつけて注目したいのは、「……広い道筋より早く行きつける路、あるいは広い道筋では行けない場に至る路……」(本書一五二頁)と、近道《トラベルス》(traverse)について語っているところだ。もちろんこれはリトレの引用であるが、ボードリヤールは、このトラベルスという言葉にこだわってきた。一八章から成る本書のうち五章は、トラベルスと題するポンピドー文化センター発行の雑誌に発表された論文だ。ひとりの著者としてではなく雑誌の創刊にたずさわり、主幹編集人であり、なおその命名者としてトラベルスを育ててきた。ボードヤリールの著作群が、賛同と否定を同時に内包しつつなお魅惑的であり続けるのは、まさにそれらがある種のトラベルス、広い道筋では行けない場に読者をさそい込む路だからではないだろうか。ボードリヤールの戦略は、はじめからそこにねらいを定めていたのだ。

訳語は訳者と等身大にした。つまりごく一般的な知識で理解できるように（それ以外に方法はなかったが）。そのために難解な言葉や人名、重要な用語について著者に多くを問い、それにひとつひとつ解説をいただく、といった苦労をかけてしまった。その解説は訳者のメモとして止めるべきものだろうが、好奇心おうせいな読者にも、どこかで役に立つのではないか、と参考までに一部をつけ加えることにした。

●一～二頁。冒頭の『伝道の書』からの引用。識者であるなら片目をつむって通りすぎるだろう。またボードリヤールの機智《ウイット》か、と。実は聖書のどこにもない言葉。

●本書で最も気がかりだった用語に（réel《リアル》）と（réalité《リアリテイー》）、（imaginaire《イマジネール》）と（imagination《イマジネーション》）がある。どのように使い分けているかとの問いに、

「私にとってリアルとリアリティー、イマジネールとイマジネーションの差はありません。（イマジネーションという言葉はほとんど使っていませんが）それらは一九世紀から二〇世紀にかけて使われた一般的な哲学用語と同じ意味で使っています（それらにはラカン的意味はありません）。それらはもう過去のものになってしまった一対の対立する用語を単に相対的に位置づけたものです。リアル、それ自体は、おもしろいものではなく、それは物事の最も平凡で、最も味気なく、最もさめた状態を指します。イマジネ

ールは、そんなリアルと幻想的にかかわっている言葉にすぎません。リアルとイマジネールの挑戦をものともせず、あらゆることは別の場所で起こるのです。」

というわけで、リアルは「実在」に、リアリティーは「現実」または「現実性」と訳し分けてみたのだが、両方とも現実と読みなおしても支障はないだろう。原則としてイマジネールには「空想」という訳語を当てた。

●一七頁とそれ以降の「社会体」(le social《ル・ソシアル》)について。

ル・ソシアルには「社会的なるもの」という訳語が使われてきた。もちろんル・ソシアルは、ラ・ソシエテ(社会)との関係で訳語を決めねばならないが、どうしても「社会」と「社会的なるもの」という一方が具体的で、もう一方がそれに対するやや抽象的な概念を指示するとは思えなかった。そこで著者が一九八一年、「ボードリヤール・フォーラム」に来日した機会に得た説明を受けて、ル・ソシアルを社会を構成するものの関係、ととらえ、「社会体」という訳語を当ててみた。それが最良だとは言いきれないが、以下ボードリヤールの発言を再録しておく(『シミュレーションの時代』JICC出版、より引用)。

安永寿延 ボードリヤールさんは講演の中で、たとえばラ・ソシエテ(la société)という言葉とル・ソシアル(le social)という言葉とを区別してお使いになっておりましたけれども、あなたの言われるトランスポリティックという概念は、この二つの使い分けからして、一口に言いますと、政治というものがソシエテとル・ソシアルとの分裂という疎外状態をもたらすものであるのに対して、それを乗り越えてソシエテの復権、さらにはその再生を目指すもの――したがって原理的にはルソー的理念の継承・発展を意図するもの、というふうに理解するわけですが、いかがでしょうか。

ボードリヤール　ソシエテ（社会）とル・ソシアル（社会的なもの、あるいは社会性、社会を構成するもの）との間の区別ですね。もちろんソシエテ（社会）という言葉は伝統的な言葉ですし、みんなが非常にあたりまえの言葉として、その意味するところは明らかであるものとして使っている言葉です。それに対してル・ソシアルの方はまったく別物の観念です。このル・ソシアルという言葉によって私が意味しようとしていることは、社会というものが自分自身についてのイメージによって、――そこには一種のシミュレーションの効果というものがありますが――侵蝕されることを指しています。つまり、社会が自らをル・ソシアルとしてとらえ始めたときから一切の様相が一転するわけで、そのとき社会というものが初めてソシアルなものになってくるのだと。もちろん、あまたの社会というものが過去において、みずからをソシアルなものとして考えることなしに存在してきたし、現在においても存在しているかもしれません。つまり、象徴的なレベルで、あるいは儀式的なレベルで、あるいは一つの組織《オルガン》としてみずからをソシアルとしてとらえることなしに存在してきたわけです。したがって、ソシアル、社会的なもの、あるいは社会を構成するものが全体主義的な一つの合言葉となってきたときから、ソシアルというものが始まるのだと。

　まさに、このソシアルという概念は初め、ルソーに『社会契約論』がありますが、社会契約という形で登場してきたものなのです。つまり、社会というものをいかなる原理に基づいて設立するか。その場合に社会契約があるというわけです。当初、個人はあくまで至高権、最高の権利を持つ存在としてあるわけですが、個人が持っている至高権の一部分を他に移譲することによって、社会的な関係というもの、あるいは集団的な関係というものを形成する。その原理になったのが社会契約なわけです。

その段階においてはル・ソシアルというものは、いまだ契約的な関係——したがってそこには当然、矛盾を含みますが——個人と制度、個人と国家、あるいは個人と組織との間の契約関係に過ぎなかったわけです。したがって、その当初の段階にあってはル・ソシアルは、決して個人の全部を覆う、命令的・強制的《アンペラティフ》なものにはまだなっていなかったわけです。ところが今日の社会においてはル・ソシアル——当初は契約に過ぎなかったル・ソシアルというものが、すべての個人が受け入れねばならない一つのモデルになってしまっているのだと。そういう変化が見られます。

したがって、発生の段階から今日に至る過程を見ますと、ル・ソシアルというものの位置づけに一つの逆転が起ったわけです。初めはル・ソシアル、社会的なものは個人、あるいは個人の至高権に由来するものであり、人為的な一つの仮説としてのステータスを持っているに過ぎなかったわけです。ですから、極端に言ってしまうならば、社会というものは現実には存在しない、あるいは存在し得るとしても、個人個人が持っている至高権を媒介する媒介機能としてしか存在しないのだというふうに考えられていたわけです。

ところが今日では逆転が生じまして、個人からル・ソシアルが生まれるのではなく、逆に社会的なものが普遍的な原理になり、そこから個人が、いわば本来あった個人のシミュラークル（まがいもの、あるいは偽造物）として——社会的なものの方から逆に個人が派生して出てくるという状況に逆転しているわけです。以上がその内容です。

●一四〇、一五二、一九二頁。

ボードリヤールはときどき（Pataphysique《パタフィジック》）という言葉を使う。ジャリの造語だ。メタフィジックが「形而上学」とあるのに、パタフィジックは日本語に置き換えにくい。そこで『ユビ王』（竹内健訳）の注及び解説を引用させていただく。

アルフレッド・ジャリの造語。「パタ」はスキタイ系ギリシャ語で「殺す、亡す、台なしにする」という意味の動詞。「フィジック」については、ジャリ自身がつぎのような、独自の定義を行なっている。「これは芸術に対する自然であり、最大の頭脳に対する最小の理解力であり、知識人の幻覚に対する普遍的合意の現実性であり、プラトンに対するドンファンであり、思考に対する生活であり、信仰に対する懐疑論であり、錬金術に対する医学であり、決闘に対する軍隊である。」（『ユビ王』のプログラムに寄せたジャリの言葉）なお「パタフィジック」についてはつぎのように想定する。「パタフィジックとは、潜在的性質によって表わされた物の特性を象徴的な形で輪郭にはめこむ想像的解決の学問である……。パタフィジックとは、形而上学の内部ないしは外部につけ加わり、且つ形而上学が形而下学《フィジック》から距っているほどに形而上学から距っている学問である。」（ジャリ『フォーストロール博士の行為と意見』一九一一年）

この訳書の成立については、翻訳を示唆された安永寿延氏および前田耕作氏、両氏にまず心からお礼申し上げねばならない。示唆どころか最初から最後まで訳稿の欠陥を校閲していただいた。未熟な訳者がなんとかここまでこぎつけたのも両氏のおしみない援助のおかげである。

と同時に岸田秀氏には精神分析用語の、山田和子さんにはSFに関するアドバイスをいただいた。そして長期間ボードリヤール講読につきあってくれた学生諸君と、適切な助言をいただいた多くの友人にも深く感謝します。

この訳書は一五年来の師、著者ボードリヤール氏にとどける感謝の印でもある。

次の章はポンピドー文化センター発行『トラベルス』に掲載された。

1章　シミュラークルの先行　n°10, 1978
10章　クローン物語　n°14—15, 1979
12章　クラッシュ　n°4, 1976
14章　動物——テリトリーとメタモルフォーズ　n°8, 1977
15章　残　り　n°11, 1978

《叢書・ウニベルシタス　136》
シミュラークルとシミュレーション

1984年３月21日　　初版第１刷発行
2008年６月25日　新装版第１刷発行
2025年８月12日　　　　第６刷発行

ジャン・ボードリヤール
竹原あき子 訳
発行所　一般財団法人　法政大学出版局
〒102-0071 東京都千代田区富士見 2-17-1
電話03(5214)5540　振替00160-6-95814
製版，印刷：三和印刷／製本：積信堂

Printed in Japan

ISBN978-4-588-09911-3

著　者

ジャン・ボードリヤール
(Jean Baudrillard)

1929年生まれの現代フランスの社会学者．最初の著作『物の体系』(68) において〈それ自体で存在する物から記号としての物へ〉という視点を記号論の枠内で提起，続く『消費社会の神話と構造』(70)，『記号の経済学批判』(72) では，物を記号として消費する社会の構造，記号としての物の特徴を解明．72年の著作で顔を見せた〈象徴交換〉の概念を中心としながら，マルクス主義の基礎概念とみなす〈生産〉概念に批判を加えようとしたのが『生産の鏡』(73)，『象徴交換と死』(75)，などであり，『誘惑の戦略』(79)，『シミュラークルとシミュレーション』(81) 以降の著作では，この〈象徴交換〉，あるいは実在をもたない記号としての〈シミュラークル〉，〈シミュレーション〉をキー概念として現代社会・文化を分析している．またボードリヤールは，再三来日し，講演やシンポジウムを行なっている．2007年 3 月死去．

訳　者

竹原あき子 (たけはら　あきこ)

1940年生まれ．千葉大学工学部卒業．1968年から1973年までフランス政府給費留学生として ENSAD, Institut d'Environnement, EPHE に学ぶ．和光大学名誉教授．工業デザイナー．
主な業績に,『縞のミステリー』光人社，2011年,『原発大国とモナリザ』2013年,『パリ：エコと減災の街』2016年,『袖が語れば』2019年,『パリから見た被災の世紀』2024年,『谷崎『陰翳礼讃』のデザイン』2024年,『ボッタクリンピック』2025年 (以上，緑風出版) ほか．